L'INCIDENT DARLINGTON

RENEE ROSE

Traduction par
AGATHE M

Publié aux États-Unis d'Amérique

Renee Rose Romance

 Formaté avec Vellum

LIVRE GRATUIT DE RENEE ROSE

Abonnez-vous à la newsletter de Renee

Abonnez-vous à la newsletter de Renee pour recevoir livre gratuit, des scènes bonus gratuites et pour être averti·e de ses nouvelles parutions !

https://BookHip.com/QQAPBW

L'INCIDENT DARLINGTON

Le message était bref : *Retrouvez-moi devant le corps de garde du domaine rural des Westerfield à minuit durant le bal des Ides de Mars. Apportez les vingt-cinq mille en billets contre les plans.*

John Andrews, espion hors pair, a beau ignorer l'identité des complotistes, il est déterminé à les surprendre en pleine trahison. Sous l'identité de Lord Darlington, il se joint à des festivités organisées par les Westerfield. Ingénieux et intelligent, il s'est préparé à tout… sauf à tomber sous le charme de sa principale suspecte, la charmante mais réservée Miss Eliza Hunt.

REMERCIEMENTS

Merci à Sue Aubrey pour sa relecture historique, et à Katherine Deane et Celeste Jones de n'avoir jamais refusé de me relire.

CHAPITRE UN

Stanbrook, Angleterre ; Domaine rural des Westerfield
1836

— Voyons si j'ai bien compris, dit Lord Westerfield, les coudes appuyés sur son énorme bureau en acajou, son regard noir fixé sur John. Vous croyez que l'un de mes convives a l'intention de vendre des secrets d'État à un autre convive durant notre réception à l'occasion des Ides de Mars.

— C'est exact, Monsieur le Comte.

— Et vous voulez que je vous ajoute à la liste de mes invités, que je vous présente comme mon ami, comte comme moi, et que je vous laisse le champ libre pour surprendre cette transaction ?

— Oui, Monsieur le Comte.

— Non, Mr Andrews. Il en est hors de question. Je préfère annuler la réception.

— Monsieur le Comte, je comprends votre inquiétude. Cependant, si vous congédiez tout le monde, nous passerons à côté de notre seule chance d'assister à cet échange. Il aurait lieu ailleurs, et les secrets de notre pays se retrouveraient entre les mains de l'ennemi. En tant que membre de la noblesse, vous êtes dans l'obligation de protéger les citoyens britanniques de cette trahison en me soutenant.

— Ne me parlez pas de mes obligations, rétorqua sèchement l'homme aux épaules larges, furieux. Mon épouse attend un heureux événement et j'ai l'obligation de protéger mes cinquante invités. Je ne permettrai pas que vous les mettiez en danger en jouant au chat et à la souris sur ma propriété.

— Ils seront plus en sécurité si je suis présent, Monsieur le Comte.

— Et je serais mieux avisé d'annuler les festivités.

John soupira et se frotta le front. Il avait envie de promettre à cet homme puissant qu'il pouvait garantir la sécurité de tous, mais en réalité, il savait bien peu de choses de sa mission. Il ne connaissait même pas le sexe du traître.

— Monsieur le Comte... je comprends que vous pensiez avant tout à votre épouse et vos invités. Je ne peux pas nier qu'annuler les festivités serait le meilleur moyen de les préserver. Mais votre réception est la seule piste que j'aie ; sans elle, je serai incapable d'empêcher d'importants projets de guerre de tomber entre les mauvaises mains.

Lord Westerfield le regarda, les sourcils froncés, mais John perçut son indécision. Il retint son souffle.

— Très bien, dit enfin Westerfield. J'ai beau penser qu'il s'agit d'une erreur, je maintiendrai les festivités et je vous laisserai le champ libre pour mener votre enquête. Pouvez-vous venir avec des renforts pour protéger mes invités ?

John souffla.

— Oui, Monsieur le Comte. Mon cocher et l'homme qui tient le rôle de mon majordome sont tous deux agents secrets.

Westerfield hocha la tête.

— Dois-je demander à mes domestiques de se tenir à l'affût de toute activité suspecte ?

— Je préférerais que vous ne leur disiez rien, Monsieur le Comte. Comme nous avons peu d'informations au sujet du vendeur ou de l'acheteur, moins de personnes connaîtront mon véritable objectif, mieux ce sera.

— Je ne veux pas que des innocents soient affectés.

— Moi non plus, Monsieur. Je vous assure que je prendrai toutes les précautions nécessaires lors de mon séjour ici.

— Comment dois-je vous présenter ?

— Sous le nom de Lord Darlington, comte de Stenwick.

Westerfield haussa un sourcil.

— Un tel comte existe-t-il ?

— Oui, Monsieur.

— Et s'agit-il réellement de vous ?

— Non, Monsieur. Mais il ne fréquente plus la haute société depuis des années, aussi personne ne le connaît.

— Et comment nous sommes-nous connus ?

— Je suis un partisan de votre cause contre la cruauté envers les animaux. Nous nous rencontrons en personne pour la première fois, bien que nous ayons correspondu par lettres.

Quelqu'un frappa doucement à la porte, et une jolie femme enceinte entra dans la pièce.

— Oh ! Pardonnez-moi, Monsieur le Comte, j'ignorais que vous receviez.

— Entrez, ma chérie, dit Westerfield, soudain métamorphosé alors que son regard caressait la jeune femme, qui devait être son épouse.

Les deux hommes s'étaient levés à son arrivée, et Westerfield les présenta.

— Madame, voici Lord Darlington, comte de Stenwick. Il soutient la Société pour la prévention de la cruauté envers les animaux. Darlington, je vous présente mon épouse, Lady Westerfield.

John s'inclina et évita de regarder son ventre rond, car cela aurait été discourtois.

— Je suis ravie de faire votre connaissance, dit Lady Westerfield avec un sourire qui illuminait la pièce plongée dans la pénombre. J'espère que vous resterez avec nous pour les Ides de Mars ?

— Oui, Lord Westerfield a eu la gentillesse de m'inviter. Je vous remercie de votre hospitalité.

— Je vous en prie. Vous a-t-on montré votre chambre ?

— Je demanderai à Mrs Burling de le faire, ma chérie, intervint Westerfield.

Elle agita la main.

— Non, je m'en charge, j'allais justement lui parler du repas.

Elle se tourna vers John.

— J'enverrai quelqu'un vous escorter, et vous aurez votre place avec nous pour le dîner.

— Merci, Madame la Comtesse, dit-il en s'inclinant de nouveau.

Lorsqu'il se tourna vers Westerfield, l'homme avait retrouvé des traits durs.

— Je comprends, dit John, qui devinait les pensées de son hôte. Je ferai tout mon possible pour ne pas vous causer de préoccupations supplémentaires.

Westerfield pinça les lèvres.

— Je n'aurais jamais dû la laisser organiser une telle fête dans son état. Mais elle adore recevoir.

Il semblait incapable de refuser quoi que ce soit à son épouse. Westerfield fusilla John du regard.

— Que cela soit bien clair : si j'ai l'impression que mon épouse ou mes convives courent le moindre danger, je vous jetterai dehors.

— Je n'en attends pas moins de vous, Monsieur le Comte.

Un majordome arriva pour le mener à l'étage et l'informer que son propre majordome ainsi que son cocher avaient été installés dans l'aile des domestiques.

— Si cela ne vous dérange pas, veuillez leur dire de me rejoindre dans ma chambre, demanda John, même si ses hommes connaissaient déjà leur mission.

Ils devaient dresser la liste de chaque personne arrivant chez les Westerfield ou quittant la propriété, avec des observations sur leur comportement.

Smith et Jenners arrivèrent presque aussitôt. Smith, le cocher, lui résuma l'agencement de la demeure : nombre de pièces, entrées et issues, accès à la route. Jenners lui annonça quels convives étaient déjà arrivés en se basant sur leurs domestiques, qu'il avait vus dans leurs quartiers.

— Jenners, fouillez toutes les chambres des domestiques pendant qu'ils dîneront, ordonna-t-il. Smith, vous ferez le guet.

— La prochaine fois, c'est moi qui jouerai le rôle du comte, grommela Jenners.

John sourit.

— Estimez-vous heureux que je ne vous oblige pas à cirer mes chaussures. Et vous pourrez jouer le rôle d'un noble quand vous vous serez débarrassé de votre accent cockney.

— J'ai pas l'accent cockney ! protesta Jenners sous les rires de Smith. Bon, d'accord, mais je fais mieux l'accent irlandais et l'accent écossais que vous.

— C'est vrai, concéda John. Très bien, vous connaissez vos ordres. J'essayerai de m'éclipser pour fouiller les chambres des invités durant ou après le dîner.

Une fois leur plan mis au point, il remercia ses hommes et descendit se présenter aux autres convives.

En entrant dans le petit salon, il examina chaque visage pour les graver dans sa mémoire et tenta d'emmagasiner le plus de détails possible. Il remarqua qu'une jeune femme se tenait à l'écart et observait la scène avec autant d'attention que lui. Lorsque leurs regards se croisèrent, elle se raidit, entrouvrit les lèvres, et se mit à rougir.

Il comprit aussitôt pourquoi elle gardait ses distances. Une grosse tache de vin couvrait son œil. Il se dit qu'elle devait avoir pris l'habitude de faire tapisserie, bien qu'à l'exception de cette tache de naissance, elle lui semblât parfaite. D'ailleurs, la tache de vin ne faisait qu'intensifier le bleu de ses yeux ourlés de longs cils et contrastait avec ses boucles brunes tirées en arrière et qui lui cascadaient dans le dos. Elle était ravissante, avec sa taille fine et sa robe à la mode qui dégageait les épaules. Ses seins ronds s'échappaient presque de son décolleté.

Soudain, le foulard de John lui parut trop serré, et une bouffée de désir enflamma tout son corps. Il se secoua intérieurement. Il était là pour le travail, pas pour se divertir.

La jeune femme se reprit et baissa les yeux avant de regarder en tous sens comme pour chercher quelqu'un avec qui converser. Son trouble semblait authentique, même si ses manières de petite souris pouvaient cacher une ruse destinée à ne pas attirer l'attention.

Lady Westerfield commença à escorter les convives jusqu'à la salle à manger, et pour le plus grand plaisir de John, il fut placé à côté de la jeune femme, qui dit s'appeler Miss Elizabeth Hunt.

— Enchantée de faire votre connaissance, bredouilla-t-elle sans le regarder en face.

— Tout le plaisir est pour moi.

Il resta immobile jusqu'à ce qu'elle relève les yeux. Quelque chose chez elle lui donnait envie de la faire sortir de sa coquille, de l'obliger à communiquer. Lorsque ses yeux bleus croisèrent les siens, ils s'écarquillèrent, surpris par son examen minutieux, peut-être.

~

Elle eut le souffle coupé.

— Monsieur le Comte, je ne vous ai jamais vu à Londres, parvint-elle à dire à l'homme impressionnant assis à côté d'elle.

La plupart des gens évitaient son regard, une réaction bien naturelle face à sa peau imparfaite, mais cet homme la regardait sans ciller. Et pas avec le genre de regard fixe qui évitait de se poser sur sa tache de naissance. Non, Lord Darlington la dévisageait sans la moindre gêne, détaillant sa tache de vin autant que le reste sans la moindre trace de dégoût.

Il tira sa chaise et la poussa une fois qu'elle se fut assise.

— Non, c'est vrai, répondit-il. Ces dernières années, j'ai passé le plus clair de mon temps à l'étranger.

Quelque chose dans ses mots semblait insincère, aussi elle ne posa pas d'autres questions, soulagée de pouvoir couper court à la conversation.

Rien n'échappait à Lady Westerfield, toutefois, et à l'autre bout de la table, elle s'exclama de sa voix chantante :

— Lord Darlington, Miss Hunt revient justement de voyage, elle aussi.

Puisqu'il s'agissait de leur hôtesse et qu'elle avait l'attention de toute la tablée, les autres convives tournèrent la tête vers eux.

Jamais à son aise en société, Eliza était accablée par ces attentions. Son visage et son cou se mirent à la brûler, et plus elle tentait de respirer, moins elle en semblait capable. Le silence pesant s'éternisait tandis que tout le monde attendait qu'elle dise quelque chose, elle qui était incapable de parler ou de respirer.

— Soufflez, murmura Lord Darlington à ses côtés.

Comme si ses organes étaient aux ordres du comte, elle expira d'un coup. Elle n'avait pas réalisé qu'elle ne parvenait plus à inspirer car ses poumons étaient déjà pleins.

— Oui, dit-elle d'une voix tremblante. Je rentre tout juste de France.

Les visages se détournèrent, soit parce qu'elle ne les intéressait pas, soit par manque d'intérêt pour son voyage dans ce pays tout proche. Tous sauf celui de Lord Darlington, dont la camaraderie semblait sincère.

— Vraiment ? Quelle était la raison de ce voyage ?

Elle ferma les paupières un peu trop longtemps, regrettant de ne pas pouvoir se volatiliser. C'était précisément le genre de situation sociale qui la mettait dans l'embarras.

À sa grande surprise, Lord Darlington lui demanda à voix basse :

— Votre corset est-il trop serré, Miss Hunt ?

Elle rit presque. Sa question était déplacée, et pourtant, elle préférait les conversations privées, quel que soit son interlocuteur, plutôt que les bavardages idiots.

— Non, je suis simplement peu à mon aise en société, admit-elle en le regardant droit dans les yeux, comme pour le mettre au défi de lui adresser une remarque désobligeante.

Il esquissa un sourire amusé.

— Vous êtes charmante, dit-il d'un ton ferme, comme si sa parole valait loi.

Malgré sa présence pleine d'autorité, il avait des traits juvéniles, avec une mâchoire carrée et des favoris de la même couleur que ses cheveux.

Ses paroles firent de nouveau rougir Eliza, mais de plaisir, cette fois.

— Comment connaissez-vous les Westerfield ? s'enquit-il.

Elle haussa vaguement les épaules.

— À cause des réceptions londoniennes, je suppose.

— Êtes-vous venue seule ?

— Oui. Enfin, avec ma femme de chambre.

Elle s'interrompit, réalisant qu'il se fichait probablement de ses domestiques. Pourtant, il continua de l'observer tout en sirotant son vin, lui adressant un signe de tête pour lui signifier qu'un valet tentait de placer une assiette face à elle. Cette fois encore, elle ressentit une certaine complicité entre eux, comme s'ils formaient un duo et veillaient l'un sur l'autre.

En tant que fille unique, et à cause de son défigurement, elle n'avait jamais connu l'aisance qu'elle voyait chez les autres. Elle n'avait jamais eu de meilleure amie avec qui glousser, jamais été courtisée par un homme. Ses parents étaient ses plus proches alliés, et ils l'exaspéraient souvent avec l'idée qu'ils se faisaient de ce qu'elle était ou devrait être. Son père ne prêtait pas attention à sa tache de vin et prétendait qu'elle importait peu. Sa mère faisait de son mieux pour l'aider, elle compatissait et lui enseignait des tactiques pour que les gens y prêtent moins attention, en tournant la tête de trois quarts ou en la dissimulant à l'aide d'un éventail, par exemple. Aucune de ces deux attitudes ne lui était utile. Quatre saisons s'étaient écoulées, et elle n'avait été invitée à danser qu'une poignée de fois, par politesse. Cela lui prouvait que même la fortune de son père ne pouvait pas l'aider à attirer un mari.

— Vous connaissez bien les autres convives ? demanda le comte en parcourant la table des yeux.

Sa question ne semblait pas tout à fait naturelle, comme si sa curiosité cachait quelque chose.

Elle se souvint de la façon dont il avait scruté chaque personne quand Lady Westerfield l'avait présenté, comme pour graver les visages dans sa mémoire. Qui était donc ce

Lord Darlington sorti de nulle part, et quelles étaient ses véritables intentions ?

— Je pense connaître tout le monde en détail, dit-elle, tentée de l'aider dans son entreprise, quelle qu'elle soit. Que souhaitez-vous savoir ?

Il eut un petit sourire en coin et la réchauffa de son regard reconnaissant à la lueur conspiratrice.

— Les détails, répondit-il en agitant les sourcils.

Elle inspira et parla à voix basse :

— Très bien. Vous connaissez déjà les Westerfield, je suppose ?

Il hocha la tête.

— À côté du comte se trouve Lord Auburn. C'est un goujat. Il joue le rôle de l'aristocrate blasé, mais j'ai entendu dire qu'il avait dilapidé la majeure partie de sa fortune. C'est le convive idéal : divertissant et sociable, et Lady Westerfield l'a sûrement invité pour cette raison. À moins qu'elle tente de lui dégoter une jeune fille célibataire.

— Telle que vous ?

Elle lâcha un petit son dédaigneux, mais admit :

— Oui, je crains qu'elle ne tente de me dégoter un époux, à moi aussi.

— Avez-vous des prétendants ? demanda-t-il d'un ton amusé.

— Vous le dirais-je si tel était le cas ? rétorqua-t-elle.

Il sourit.

— Pourquoi pas ?

Elle leva les yeux au ciel et se détourna.

Avec un petit rire, il ajouta :

— Pardonnez-moi. Continuez à me parler des convives.

— Très bien. À côté de Lord Auburn se trouvent Lord et Lady Winters ainsi que leurs filles, Miss Susan Winters et Miss Jane Winters. Elles espèrent certainement rencontrer des époux potentiels ici, elles.

— Poursuivez.

Elle sentait que les deux jeunes femmes ne l'intéressaient pas, et elle se demanda à nouveau quelles informations il recherchait.

— Mr et Mrs Wynette. Il est propriétaire du Grand Hotel, à Londres.

Elle continua à lui présenter brièvement chaque invité, de plus en plus à l'aise. Elle remarqua qu'il s'intéressait plus particulièrement aux personnes arrivées seules, même si elle ne comprenait pas pourquoi.

Après le dîner, Lady Westerfield escorta ses invités dans le petit salon pour des jeux. Eliza soupira, craignant une nouvelle situation embarrassante, surtout que ces jeux étaient souvent prétexte à des interactions inconvenantes.

— Je crois que je vais passer mon tour, lui souffla Darlington, comme s'il était dans l'obligation de la tenir informée de ses projets.

Elle hocha la tête, sans un mot. Elle pourrait peut-être s'éclipser dans la bibliothèque afin d'éviter ce moment. Comme il avait partagé ses intentions avec elle, elle dit :

— Je me demande si quelqu'un remarquerait mon absence, si je me rendais plutôt à la bibliothèque ?

Il tendit le bras.

— Permettez-moi de vous accompagner.

Miss Hunt semblait ravie qu'il la soutienne dans sa volonté de ne pas participer aux jeux dans le petit salon.

— Je vous remercie, Monsieur le Comte, dit-elle en glissant son bras sous le sien.

Il la mena à la bibliothèque, puis en profita pour se glisser à l'étage afin de fouiller les chambres des convives.

À l'aide d'une épingle, il crocheta la serrure de la première chambre et se faufila à l'intérieur avant de refermer la porte derrière lui. Il jeta un œil sous le lit, le matelas et l'oreiller avant d'entamer une fouille de l'armoire. Il n'avait pas encore déterminé à qui avait été attribuée quelle chambre, mais cela avait le mérite de rendre son examen impartial. D'après les explications de Miss Hunt, plusieurs convives avaient le profil recherché : ceux qui voyageaient seuls, étaient peu connus en société ou avaient besoin d'argent. Miss Hunt elle-même était sur cette liste, compte tenu du fait qu'elle était venue seule et n'était pas sociable. Sa gaucherie était peut-être feinte, surtout que lorsque leur conversation était devenue plus confidentielle, sa timidité s'était envolée.

Le fait qu'elle figure tout en haut de sa liste de suspects n'empêchait pas John de l'admirer, cependant. Sa voix mélodieuse tournait en boucle dans ses oreilles tandis qu'il fouillait les manches et les poches des vêtements, et le souvenir de ses yeux bleus étincelants lui donnait envie de partager d'autres moments avec elle.

À en juger par le contenu de la chambre, elle appartenait à l'un des hommes seuls. Quand il eut fini de fouiller l'armoire, il vérifia qu'il n'y avait pas de lattes de parquet ou de pans de murs susceptibles de dissimuler quelque chose.

Le message intercepté par un de leurs hommes était bref : *Retrouvez-moi devant le corps de garde du domaine rural des Westerfield à minuit durant le bal des Ides de Mars.*

Apportez les vingt-cinq mille en billets contre les plans.

C'était la seule information dont il disposait. Il ignorait quelles informations le traître allait vendre, et à qui. Bien sûr, des étrangers seraient des suspects probables, mais personne répondant à cette description n'était encore arrivé. Il finit d'inspecter la chambre et sortit, verrouillant la porte derrière lui, et il s'apprêtait à crocheter la serrure suivante lorsqu'il réalisa que le fait que Miss Hunt se retrouve seule dans la bibliothèque serait l'occasion parfaite pour retrouver un complice, si elle était la traîtresse. Il hésita, partagé entre son envie de poursuivre sa fouille et celui de garder un œil sur quiconque s'éloignerait du groupe. Il finit par décider de suivre Miss Hunt car il s'agissait d'une suspecte convaincante, pas parce qu'elle occupait ses pensées. C'est en tout cas ce dont il tentait de se convaincre.

Il ouvrit la porte de la bibliothèque sans un bruit et jeta un regard à l'intérieur.

Il avait beau s'être préparé à l'y trouver avec quelqu'un, ce qu'il vit le surprit profondément. Miss Hunt se trouvait dans les bras de Lord Auburn et semblait se débattre pour échapper au baiser qu'il lui imposait.

— Miss Hunt, dit John d'un ton sec, les faisant sursauter tous les deux.

Dès que Lord Auburn la lâcha, Miss Hunt se rua vers John, toujours sur le seuil. Il lui tendit son bras comme si de rien n'était.

— Êtes-vous prête pour notre promenade ? improvisa-t-il.

— Oui, Monsieur le Comte, murmura la jeune femme éprouvée en glissant son bras sous le sien sans un regard en arrière.

Il la mena hors de la bibliothèque et traversa le couloir, se demandant pourquoi il avait prétexté une promenade en pleine nuit. Il entendit Miss Hunt haleter et ralentit le pas.

— Parvenez-vous à respirer ?

Elle renifla.

— Oh, dit-il, comprenant la raison de ses halètements.

Il sortit un mouchoir de sa poche et le lui tendit.

— Voulez-vous que je retourne lui casser le nez ? Car cela ne me dérangerait pas. Cela me ferait même très plaisir.

Elle gloussa malgré ses larmes.

— Non.

— Êtes-vous blessée ?

— Non. Je suis surtout... embarrassée que vous m'ayez surprise en fâcheuse position.

— N'êtes-vous pas contente que je sois intervenu ? Vous ne sembliez pas vous réjouir de ses avances.

— Si, pardonnez-moi. Je vous suis reconnaissante, vous êtes arrivé à point nommé. Mais j'ai également un peu honte, je suppose.

Il s'arrêta et se tourna vers elle, la tête penchée dans sa direction. Elle avait le don rare d'être très belle lorsqu'elle pleurait. Son visage ne se chiffonnait pas en une expression tragique mais restait inchangé, à l'exception des larmes qui roulaient sur ses joues et du tremblement de ses lèvres. Il avait envie d'essuyer ses larmes, de la serrer contre lui et de lui caresser les cheveux, mais il ne pouvait pas le faire.

— N'ayez jamais honte avec moi, voyons. Que s'est-il passé, au juste ?

Elle soupira, sécha ses larmes et tordit le mouchoir entre ses doigts.

— Je ne le sais pas vraiment. Lord Auburn est entré et m'a demandé pourquoi je ne participais pas aux jeux dans le petit salon. Puis il a suggéré que nous jouions ensemble, et... eh bien, c'est là que vous nous avez trouvés.

— Est-ce l'un de vos prétendants ?

— Pas du tout ! Ses avances m'ont prise de court. Jusqu'à présent, il ne m'avait même jamais invitée à danser, jamais adressé plus de quelques mots. Je ne comprends pas ce qui lui a pris de penser que... J'ignore ce qui lui est passé par la tête !

Il lui prit la main et la plaça de nouveau sur son bras, puis se remit à avancer d'un pas lent le long du couloir.

— Pourquoi êtes-vous revenu ? s'enquit-elle.

— Pour vous voir, admit-il. Mais je n'avais pas prévu de vous demander de jouer avec moi.

— Pourquoi ? Je ne parle pas des jeux, mais pourquoi êtes-vous revenu pour me voir ?

— Votre compagnie m'est agréable, répondit-il en toute sincérité.

Et je vous soupçonne d'être une traîtresse.

Il détestait son esprit soupçonneux, qui lui soufflait que Lord Auburn et elle pouvaient parfaitement être ses deux suspects, et le baiser forcé une scène improvisée pour couvrir leur réunion interrompue. Il ne voulait pas croire une telle chose. Il désirait seulement réconforter la charmante jeune femme à son bras.

Elle s'arrêta et le regarda attentivement, les sourcils froncés.

— Comment est-ce possible ? demanda-t-elle d'un ton impérieux. Que se passe-t-il ? Deux hommes ne peuvent pas rechercher ma compagnie sans raison.

Le front plissé, il la prit par les bras et la secoua doucement.

— Ne sous-estimez pas vos charmes, la rabroua-t-il.

Un gloussement échappa aux lèvres de Miss Hunt.

— Vous ne ressemblez à aucun autre homme de ma connaissance, Lord Darlington.

Il sourit et la lâcha.

— Je suis heureux de l'entendre, Miss Hunt. Je pense que vous devriez cesser de jouer les jeunes femmes gauches en société. Vous êtes tout le contraire.

Elle lui jeta un regard.

— Comment pouvez-vous dire une telle chose après m'avoir sauvée deux fois de ma propre gaucherie ?

— Ce que je veux dire, c'est que cette gaucherie n'est absolument pas nécessaire. Croyez-vous que parce que vous avez une tache sur le visage, vous ne pouvez pas briller comme les autres ?

Il craignait qu'elle le gifle, car le fait de mentionner sa tache de vin enfreignait les conventions.

Elle rougit et le fusilla du regard.

— Que savez-vous de ma tache de naissance ?

Il haussa les sourcils et soutint son regard.

— Je sais qu'elle vous rend unique. Je sais qu'elle fait ressortir le bleu de vos yeux. Et je constate que vous ne la trouvez pas jolie, contrairement à moi.

Les traits déformés par la colère, la vulnérabilité et le chagrin, elle le dévisageait comme pour déterminer s'il était sincère.

— Savez-vous comment on m'appelait derrière mon dos, lorsque j'étais enfant ?

Il l'ignorait, et ne voulait pas le savoir, mais elle poursuivit :

— La Tache. On m'appelait la Tache.

— Êtes-vous toujours cette enfant ? demanda-t-il avec douceur.

Il savait ce que c'était, de prendre ses distances avec les démons du passé.

Il la vit se refermer comme une huître et il tenta de s'excuser, de changer de sujet, de détendre l'atmosphère. Mais le sujet était trop important pour être abandonné.

— Parfois, répondit-elle enfin.

— Et souhaitez-vous continuer à l'être ?

— Non, murmura-t-elle.

Il s'inclina.

— Miss Hunt, je respecte le courage dont vous faites preuve en admettant vos faiblesses, qui n'ont rien à voir avec votre tache de naissance, que je trouve par ailleurs très jolie.

Elle le regarda d'un air hébété, et sa poitrine qui se soulevait au rythme de sa respiration porta son attention vers son décolleté et son teint de lait.

Ils avaient atteint le bout du couloir, et il leur fit rebrousser chemin.

— Je crois que je vais me retirer pour la nuit, dit-elle au pied de l'escalier.

Il s'inclina et la laissa monter seule, car il aurait été inconvenant de l'escorter jusqu'à sa chambre. Il la suivit vingt pas derrière et retint quelle était sa chambre. Puis, après avoir collé l'oreille à une autre porte, il sortit son épingle et crocheta la serrure pour procéder à de nouvelles recherches. Alors qu'il ressortait, Miss Hunt ouvrit sa porte, et posa un regard soupçonneux sur son visage, puis sur la porte. Elle savait qu'il ne s'agissait pas de sa chambre.

Que faisait Lord Darlington dans la chambre des Winston ? Elle se rua dans sa propre chambre et ferma la porte, le cœur battant. Elle savait bien qu'il manigançait quelque chose. S'agissait-il d'un voleur ? Il n'y avait pas d'autre explication, si ?

Elle entendit ses pas se rapprocher.

— Bonne soirée, Miss Hunt, murmura-t-il à travers la porte, comme s'il savait qu'elle était appuyée contre le panneau de bois.

Elle retint son souffle et ne répondit pas, le cœur tambourinant. Les pas s'éloignèrent puis descendirent les marches. Elle soupira, et songea à ce qu'elle venait de voir ainsi qu'à ses impressions de Lord Darlington. Il était de son devoir d'avertir Lord Westerfield, et pourtant, il aurait fallu qu'un incendie rage dans la propriété pour qu'elle ouvre la porte et descende l'escalier.

… votre tache de naissance, que je trouve par ailleurs très jolie.

Sa poitrine était toujours pleine de chaleur après cette discussion. S'il s'agissait d'un voleur, la belle affaire ! Il l'avait secourue par deux fois sans l'humilier et lui avait dit qu'il la trouvait charmante avec une apparente sincérité. Mais après tout, un voleur serait sûrement maître dans l'art du mensonge.

Elle s'en fichait, pourtant. Si les Winston se plaignaient d'avoir perdu des objets, elle tiendrait sa langue. Lord Darlington, si tel était bien son nom, lui avait évité des déconvenues ; elle lui rendrait la pareille.

Le lendemain matin, elle quitta le manoir pour sa promenade quotidienne. Une étole sur les épaules, elle sortit dans la brume, contente de profiter de son moment préféré de la journée, quand elle pouvait rester seule, sans l'angoisse que lui causaient les interactions sociales. Elle souleva ses jupons et se mit à marcher à grands pas en humant l'air frais. Elle prit la direction des bois, où le pépiement des oiseaux sur les branches l'appelait.

Elle ralentit une fois dans la partie la plus dense de la forêt, l'esprit apaisé et vide de toute pensée. Lorsque son pied se coinça dans un trou, elle en fut pleinement surprise, et lorsque la terre céda sous son poids et qu'elle dégringola une pente, elle paniqua et poussa un cri à glacer le sang.

Au même instant, elle crut entendre une voix d'homme appeler son nom d'un ton alarmé, mais elle atterrit sur le dos, le souffle coupé, la vision assombrie.

— Miss Hunt… Miss Hunt… Miss Hunt.

Tandis qu'elle luttait pour reprendre son souffle, des mains vives et agiles examinèrent son corps dans la pénombre, parcoururent ses joues, lui levèrent la tête pour inspecter l'arrière de son crâne, avant de descendre le long de ses bras.

— Miss Hunt ? demanda-t-il d'un ton empressé.

Lord Darlington. Son sauveur, une fois de plus. Elle n'avait pas suffisamment repris son souffle pour lui répondre. Il poursuivit son examen, glissant les mains le long de son dos, puis de ses jambes, de ses chevilles, de ses pieds. Ses doigts étaient légers comme une plume mais assurés, comme s'il avait l'habitude d'examiner les dames tombées dans… où était-elle tombée ?

— Miss Hunt, Miss Hunt, Miss Hunt, souffla-t-il à nouveau, plus pour lui que pour elle.

Les mains touchèrent le buste d'Eliza, et, à sa grande surprise, elles glissèrent sous le col de sa robe pour saisir son corset.

— Que faites-vous ? demanda-t-elle d'une voix éraillée.

— Oh ! s'exclama-t-il, ôtant les mains avant de rire. J'essayais de desserrer votre corset afin que vous puissiez respirer. Pardonnez-moi ! Comment allez-vous ?

Il la retint lorsqu'elle tenta de s'asseoir dans le noir.

— Non, n'essayez pas encore de bouger.

— Je crois que je suis indemne, dit-elle. La chute m'a coupé le souffle. Où sommes-nous ?

— Je pense qu'il s'agit d'un gouffre naturel créé lorsque les racines du vieil arbre ont pourri. Nous nous trouvons dans une sorte de grotte faite de terre, je suppose.

Elle battit des paupières en direction de la seule source de lumière, qui semblait se trouver trois mètres au moins au-dessus d'eux.

— Comment êtes-vous arrivé jusqu'ici ?

— Je vous ai vue tomber, et je vous ai suivie. C'est Darlington, au fait, si vous n'aviez pas deviné.

Il glissa une main derrière sa nuque et l'aida à s'asseoir.

— Bien sûr que j'avais deviné. Qui d'autre pourrait s'en faire à ce point pour l'état de mon corset ?

Darlington rit, un son grave, masculin et plein d'un amusement sincère. Sa main parcourut son dos de haut en bas comme s'il cherchait d'éventuelles plaies et bosses.

— Vous avez mal quelque part ?

Elle gémit.

— Oui… non, pas vraiment. Je suis un peu courbaturée.

— Asseyez-vous un moment, jusqu'à ce que vous soyez certaine d'être indemne.

Sa main remonta sur sa nuque, qu'il caressa doucement du bout des doigts. Ce geste était trop intime, et pourtant, dans l'obscurité, là où ses mains lui servaient à voir, cette transition semblait naturelle.

— Comment allons-nous sortir ? s'enquit-elle d'une voix chevrotante.

— Oh, je pense que je pourrai vous hisser. Et si je ne parviens pas à sortir par moi-même, vous pourrez aller chercher de l'aide, répondit-il, parfaitement nonchalant face à leur dilemme. Êtes-vous prête à vous lever ?

— Oui, merci.

Il la mit debout avant qu'elle puisse faire le moindre effort. Alors qu'ils se plaçaient sous le gouffre, sa silhouette lui apparut : des épaules larges et fortes sur un corps solide. Elle se rapprocha.

— Bon, si je vous hisse d'un coup, vous devriez pouvoir saisir ces racines ; vous les voyez ?

— Oui.

Il s'agenouilla.

— Asseyez-vous sur mon épaule.

— Oh ! s'exclama-t-elle, heureuse que l'obscurité cache le rougissement qui lui montait aux joues.

Elle se percha maladroitement une fesse sur son épaule, une main crispée sur son autre épaule.

Il glissa un bras autour de sa taille et la serra contre son cou tandis qu'il se mettait debout. Elle poussa un petit cri à ce mouvement, puis gloussa, gênée.

— Très bien, Miss Hunt. Parvenez-vous à atteindre les racines ?

Apeurée, elle était réticente à l'idée de lui lâcher l'épaule, et elle leva donc la main gauche à l'aveuglette, car elle n'osait pas lever les yeux. Darlington changea de pied d'appui, et elle fut de nouveau saisie par la terreur.

— Je vous tiens, la rassura-t-elle. Je ne vous laisserai pas tomber, c'est promis. Allez-y, levez les yeux et tentez d'attraper une racine.

Sa voix rassurante lui fit réaliser son idiotie.

— Pardonnez-moi, dit-elle avec l'impression d'être une sotte.

— Vous n'avez rien à vous faire pardonner, dit-il sans la moindre trace d'impatience, bien qu'elle pesât de tout son poids sur l'une de ses épaules.

Elle leva les yeux et retint son souffle tandis que de sa main droite, elle attrapait une racine. Elle réussit du premier coup et poussa un soupir. Mais même avec cette racine à la main, elle ne voyait pas comment se hisser hors du gouffre.

Lord Darlington la prit par les chevilles puis se mit à la soulever, comme s'il voulait qu'elle se tienne debout sur ses mains. Du même geste fluide qu'il avait fait pour se lever, il la hissa sans attendre son aide. Elle s'agrippa aux racines, de plus en plus haut, et se retrouva sur la terre meuble, qui commençait à tomber en cascade sur son pauvre sauveur.

— Oh !

— Continuez de grimper, dit-il d'un ton calme.

Elle obéit et rampa jusqu'à atteindre un sol plus ferme. Elle resta allongée là, haletante, le cœur battant dans un rythme effréné et irrégulier.

— Je suis sortie ! s'exclama-t-elle après avoir repris son souffle.

— Oui, dit-il avec nonchalance, comme s'il se montrait patient face à sa remarque parfaitement évidente.

— Je vais immédiatement chercher de l'aide ! lança-t-elle, se sentant coupable d'être libre alors qu'il restait prisonnier.

— Merci, dit-il, manifestement peu soucieux.

Elle se remit maladroitement debout, épousseta sa robe et se précipita en direction du manoir. Une fois à l'orée de la forêt, elle jeta un regard en arrière pour retenir le chemin à prendre et se figea, stupéfaite.

Lord Darlington la suivait d'un pas guilleret, un grand sourire au visage comme s'il ne s'était rien passé.

CHAPITRE DEUX

— Qu'avez-vous à me rapporter ? demanda-t-il à Smith et Jenners une fois de retour dans sa chambre avant le petit déjeuner.

Jenners se laissa tomber en travers du lit, faisant preuve d'une attitude tout sauf servile.

— Nous n'avons rien trouvé dans les chambres des domestiques. Nous les avons toutes fouillées. Pas de rumeurs à rapporter non plus, mais je n'ai encore trouvé personne avec la langue bien pendue. Je cherche toujours. Et vous ?

— Je n'ai fouillé que trois chambres pour l'instant. Ce matin, j'ai vu Miss Hunt sortir seule et je l'ai suivie, mais finalement, il s'agissait d'une simple promenade.

— Je ne pense pas que ce soit notre coupable. N'est-ce pas la fille de Thomas Hunt, l'armateur richissime ?

— Vraiment ?

Il se réjouissait de l'apprendre. Il était ravi de l'ôter de sa liste de traîtres potentiels pour la placer sur une tout autre liste. En vérité, il n'avait jamais fait la cour à une femme. Son travail l'occupait pleinement, et son père n'avait pas donné le bon exemple, le rendant réticent à l'idée de fonder une famille. Mais la fascinante Miss Hunt lui avait donné envie de passer plus de temps avec elle.

Il raconta à Smith et Jenners tout ce qu'il avait découvert au sujet des convives et de leur passé, puis il se rendit dans la salle à manger pour prendre son petit déjeuner.

— Le voici, dit Miss Hunt en levant les yeux à son arrivée.

Elle était assise à côté de Lady Westerfield, qui grâce à son intelligence et son talent pour la conversation, semblait l'avoir fait sortir de sa coquille.

— Lord Darlington, s'exclama leur hôtesse. Je viens d'apprendre que vous avez secouru cette pauvre Miss Hunt ce matin !

Il croisa le regard de cette dernière, lui adressa un clin d'œil, et la regarda s'empourprer.

— Comment vous sentez-vous ? s'enquit-il.

— J'ai quelques ecchymoses, mais sinon, je suis indemne. Merci encore d'être arrivé au bon moment.

Il sourit. Elle l'avait déjà remercié en privé lorsqu'il l'avait rattrapée après s'être hissé hors du gouffre, mais la voir parler à voix haute devant toute la tablée sans perdre ses moyens lui fit chaud au cœur. Il remercia du regard Lady Westerfield, qui savait mettre à l'aise les gens les plus différents. Son mari ne possédait pas le même talent et semblait parfois vouloir disparaître, mais sa dévotion évidente envers elle en faisait néanmoins un hôte admirable.

Après le petit déjeuner, Lord Westerfield l'invita ainsi que les autres gentilshommes à une partie de chasse. Il accepta, tentant de cerner chacun des hommes présents. Il ne put s'éclipser pour fouiller d'autres chambres avant leur retour, lorsque les participants rejoignirent les femmes sur le gazon pour une partie de boulingrin.

Il présenta ses excuses aux convives, se rendit à l'étage et crocheta une autre serrure pour examiner le contenu de la pièce. Il parvint à fouiller quatre chambres avant d'entendre le bruit de voix dans l'escalier, et il se glissa dans le couloir, sortant par la porte de derrière pour faire le tour du manoir et suivre le groupe à l'intérieur. Miss Hunt, qui fermait la marche, le regardait avec curiosité. Elle n'avait rien dit après l'avoir vu sortir d'une chambre qui n'était pas la sienne, la veille, mais quelque chose dans son expression lui disait qu'elle le soupçonnait.

— Lord Darlington ! s'exclama Miss Winters. Où étiez-vous ? J'avais très envie de jouer au boulingrin avec vous.

— Je suis allé voir mes chevaux, puis je suis allé me promener.

— Vous ne cessez de disparaître, commenta Lord Auburn avec un regard suspicieux qui lui donna la chair de poule.

— Vous trouvez ?

— Oh, oui, renchérit la benjamine des Winters. Hier soir, vous avez quitté le petit salon pendant que nous jouions, et aujourd'hui, vous ne vous êtes pas joint à notre partie de boulingrin. N'aimez-vous pas les jeux ?

Il s'efforça de sourire, regrettant que ces sottes s'acharnent ainsi.

— Lord Darlington a eu la gentillesse de m'accompagner pour une brève promenade, intervint Miss Hunt, levant le menton comme pour défier quiconque de la contredire.

Le cœur de John fit un bon étrange. Pourquoi faisait-elle une telle chose ?

— Oh ! dit Miss Winters d'un ton sec, surprise. Comme c'est gentil.

Elle pressa le pas et les distança.

John offrit son bras à Miss Hunt tandis qu'ils passaient sous le portail étroit. Il lui coula un regard lorsque leurs corps se rapprochèrent, et il s'imagina l'embrasser. Elle lui jetait un regard par en dessous, comme si elle avait eu la même idée, et ses lèvres comme des pétales de rose s'entrouvrirent. Il marqua un arrêt sous le portail, et elle resta bouche bée, comme alarmée.

— Je n'en profiterai pas pour vous voler un baiser, dit-il d'un ton amusé.

Elle rougit.

Il jeta un regard en direction du manoir pour s'assurer que les autres ne pouvaient pas les entendre.

— Pourquoi avez-vous menti pour moi ?

Le regard de Miss Hunt se fit plus dur, et elle l'examina avec la même intelligence qu'il avait remarquée lorsqu'elle observait les autres. Elle haussa les épaules, rehaussant sa poitrine.

Il patienta.

— Vous n'êtes pas Lord Darlington, si ? Je vous ai vu sortir de la chambre des Winston, hier soir. Qu'êtes-vous, un voleur ?

— Un voleur ? répéta-t-il, incrédule. Vous avez menti pour protéger un homme que vous soupçonniez d'avoir volé ? Quelqu'un devrait vous donner une fessée !

— Quelqu'un ? s'enquit-elle.

L'idée de la discipliner lui jaillit à l'esprit, et son membre devint dur comme du bois. Il tira sur son foulard. Il avait soudain trop chaud sous son regard azur.

— Miss Hunt, dit-il d'une voix rauque. Je ne suis pas un voleur... mais je suis flatté que vous soyez prête à mentir pour moi, malgré vos suppositions. Puis-je vous demander pourquoi ?

Le regard plein d'audace de Miss Hunt fléchit, elle battit des cils et se concentra sur son col.

— Je me sentais redevable, après la gentillesse dont vous avez fait preuve.

Il avait envie de la prendre par les épaules et de la secouer. Non, de l'allonger sur ses genoux pour lui donner la fessée dont il avait parlé, afin de la punir de son manque de confiance en elle.

— Je n'ai pas agi par gentillesse, dit-il d'un ton fougueux.

Elle leva les yeux et affronta son regard d'un air hésitant.

— Miss Hunt, vous êtes une femme intelligente. N'avez-vous pas encore compris que je m'intéressais à vous ?

Elle se toucha la poitrine comme si elle avait du mal à respirer.

— Je ne suis pas Lord Darlington, mais je puis vous assurer que je suis un gentilhomme respectable et que Lord Westerfield connaît la raison de ma présence. Après les Ides de Mars, j'aimerais beaucoup repartir à zéro avec vous, sous ma véritable identité, et vous faire la cour à Londres. M'autoriserez-vous à vous rendre visite ?

Elle tira sur son corset au niveau de la taille afin de reprendre son souffle.

— Je vous en prie, insista-t-il en lui adressant son sourire le plus charmant.

— Je suppose que cela dépendra de votre véritable identité, répondit-elle, haletante, mais il ne détecta que de l'admiration dans ses yeux.

— Cela me semble juste, dit-il avec un clin d'œil. Remettons-nous en route.

~

Elle fouilla la malle une seconde fois, glissa les doigts le long de la doublure, jeta un regard à l'intérieur.

Rien.

Les plans avaient-ils disparu ? Il fallait qu'elle les trouve immédiatement. Miss Hunt reviendrait bientôt de sa promenade. Elle ouvrit l'armoire, regarda en dessous, vida la malle et la remplit de nouveau.

Toujours rien.

Son cœur s'emballa. Quelqu'un avait trouvé les plans. Mais qui ? Miss Hunt ? L'homme à qui elle devait les vendre les avait-il subtilisés pour éviter de la payer ? Ou quelqu'un d'autre les avait-il trouvés ? Un membre du Gouvernement ? Un espion, peut-être ?

Mais c'était précisément pour cette raison qu'elle les avait dissimulés dans la malle de Miss Hunt et non parmi ses propres affaires. Même s'il fallait bien admettre que Miss Hunt serait encore plus facilement suspectée de posséder et de vendre les plans de navires de guerre qu'elle. Elle se frappa le front.

— Idiote ! Idiote ! marmonna-t-elle. Bien sûr qu'elle n'aurait pas dû cacher ces plans parmi les effets de la fille de l'armateur. Ce serait le premier endroit à être fouillé.

Elle devait s'en aller immédiatement, avant que quelqu'un réalise qu'elle avait volé des plans secrets à son employeur. Mais où irait-elle ? Gottard allait la tuer. Il serait persuadé qu'elle avait gardé l'argent pour elle. À moins qu'elle finisse pendue pour trahison, il ne croirait jamais qu'elle avait perdu les plans avant même de les avoir vendus.

Qu'il aille au diable ! Il la laissait accomplir toutes ces tâches dangereuses. Elle devait voler les plans, et lui les vendre. Mais ensuite, l'intermédiaire avait trouvé un acheteur, et la transaction devait avoir lieu lors du bal des Ides de Mars chez les Westerfield. Alors bien entendu, en tant que femme de chambre d'Eliza Hunt, elle était la seule à pouvoir s'en occuper.

Si seulement elle connaissait l'identité de l'acheteur, elle aurait pu aller le voir immédiatement pour lui vendre de faux plans. Elle les avait étudiés, et elle était capable de les contrefaire. Il s'agissait seulement de dessins de navires avec des mesures et l'emplacement de l'artillerie. Elle pourrait prendre l'argent, s'enfuir avant le début du bal, et Gottard la récompenserait pour son ingéniosité.

L'espace d'un instant, elle envisagea de rester jusqu'au bal et de se rendre au rendez-vous. Mais non, à présent que les plans avaient disparu, il y avait peut-être un piège. Elle devait partir tout de suite, rentrer à Londres et prier pour que Gottard la croie.

Elle alla de nouveau se promener le lendemain matin, en partie dans l'espoir de recroiser Lord Darlington. Elle s'en tint à l'orée des bois, même si elle savait que les risques de tomber dans un autre gouffre étaient minces.

Comme toujours, l'air frais calma ses nerfs à vif, le chant des oiseaux épanouit son cœur, et la solitude la détendit. Elle fit le tour du manoir et passa devant le corps de garde. C'est là qu'un bras la saisit par-derrière et qu'une main puissante se plaqua sur sa bouche pour étouffer son cri. L'assaillant la souleva et la porta vers le corps de garde.

— J'ai trouvé les documents, Miss Hunt.

Elle reconnut la voix menaçante. Elle appartenait à Lord Darlington – ou plutôt à celui qui se faisait passer pour lui –, et la différence de ton lui envoya un frisson le long de l'échine.

— À qui comptez-vous les vendre ? À moins que vous soyez l'acheteuse ?

Il semblait en colère. Il continuait de serrer sa taille, mais il ôta la main de sa bouche pour la laisser répondre.

— Je ne sais pas de quoi vous parlez !

— Ne me mentez pas ! s'écria-t-il en la secouant.

Il la traîna à l'intérieur et la coucha sur le ventre sur une vieille selle posée sur une caisse. Le corps de garde semblait accueillir le trop-plein d'équipement des écuries, et une odeur de cuir et de foin lui emplit les narines. Lord Darlington lui tira les poignets en arrière et les lui attacha avec une corde.

— Que faites-vous ? s'écria-t-elle, alarmée.

— Silence ! lança-t-il d'une voix cassante.

Elle entendit quelque chose fendre l'air, et une seconde plus tard, une ligne de feu sur son derrière la fit hurler. Elle regarda par-dessus son épaule et vit que Darlington brandissait une cravache à deux mains. Paniquée, elle lutta pour se mettre debout, mais il repoussa son buste sur la selle et pressa une main dans le creux de ses reins.

— Votre numéro de lapin effrayé était très convaincant. Vous avez failli m'avoir.

Il la terrifia davantage en soulevant ses jupons. Il écarta les pans de sa pantalette pour dévoiler son derrière. Elle se débattit, tenta de se relever, mais ne parvint pas à se libérer de sa poigne de fer.

— Saviez-vous qui j'étais ? poursuivit-il en abattant la cravache sur ses fesses nues.

Les larmes montèrent aux yeux d'Eliza, et elle poussa une exclamation de douleur.

— Espériez-vous me faire oublier ma mission en jouant de vos charmes ? Était-ce votre plan ?

Il la fouetta à nouveau avec son terrible instrument.

— Je vous assure que je ne sais pas...

Il frappa encore plus fort.

— Silence ! Ne parlez pas si je ne vous pose pas de question.

— Mais vous venez de me poser…

Elle ravala sa protestation alors qu'un nouveau coup la faisait haleter. Il tapota sa chair endolorie avec le bout de la cravache, et ce répit temporaire ne la rendit que plus consciente de ses fesses nues face à lui.

D'une voix un tantinet plus calme, il demanda :

— Savez-vous que vous êtes la seule femme à qui j'ai eu envie de faire la cour ? Vous vous êtes bien moquée de moi, n'est-ce pas ?

Il prononça ces derniers mots avec amertume et lui donna un nouveau coup de cravache. Elle poussa un cri, les yeux baignés de larmes, tandis que son esprit tentait de surmonter sa stupéfaction. Lord Darlington pensait qu'elle possédait des documents compromettants.

Il continua de la fouetter et de la faire hurler. Au milieu de sa confusion, de sa peur et de la douleur cuisante de la cravache, elle s'accrochait à une minuscule lueur d'espoir : la colère de Darlington semblait trouver sa source dans un sentiment de trahison. Cela signifiait qu'il tenait sincèrement à elle. Avant cet incident, pour le moins.

Il lui assena trois autres coups rapides, l'empêchant de reprendre son souffle ou même de crier. Lorsqu'il s'interrompit, un sanglot monta dans la gorge d'Eliza. Ce son sembla affecter Darlington, car il caressa sa chair lancinante d'une main pleine de douceur. Il soupira et dit d'une voix basse teintée de défaitisme :

— Allez-vous me dire où vous vous êtes procuré ces documents ?

— Je ne sais pas…

— Arrêtez, ordonna-t-il avec révulsion. Je ne supporte plus vos mensonges.

Il continuait de la caresser. Elle savait qu'elle aurait dû protester, mais le soulagement apporté par sa paume était plus fort que tout. Elle était toujours très exposée, allongée là le derrière livré à sa punition, et désormais à ses caresses. Et pourtant, une chaleur parcourait son corps, pas seulement à la surface de ses fesses endolories, mais profondément, provoquant chez elle un sentiment de désir.

Il poursuivit ses caresses plus bas, jusqu'à l'endroit où ses fesses rencontraient ses cuisses. Horrifiée, elle sentit son pouce récolter l'humidité à l'intérieur de ses jambes.

— J'ai l'impression que vous trouvez cela excitant, dit-il d'un ton surpris.

La honte enflamma ses joues et son cou.

— Je crois que c'est aussi mon cas, ajouta-t-il en grommelant.

Une véritable panique s'empara d'Eliza, et elle se démena pour quitter la selle, mais il la repoussa sur le ventre.

— Détendez-vous, dit-il, tirant sur ses poignets liés. Je ne suis pas ce genre d'homme.

À sa grande surprise, il la détacha et la fit pivoter vers lui.

— Je ne parviens même pas à vous faire assez peur pour que vous passiez aux aveux.

Elle leva les yeux, étonnée par son expression tourmentée.

— Je n'ai pas non plus envie que vous soyez pendue, dit-il d'un air sombre.

Elle tenta de se dégager, la menace de la pendaison faisant tambouriner son cœur.

Il continuait de la maintenir fermement, et il lui jeta un regard tourmenté.

— Était-ce aussi un mensonge ? demanda-t-il, léchant son pouce avant d'essayer d'effacer sa tache de vin.

Soudain furieuse, elle éloigna sa tête et se débattit de plus belle.

Il la saisit par la nuque et l'obligea à se tourner vers lui.

— Non, vous ignorez réellement à quel point vous êtes belle, dit-il avec tristesse.

Il se pencha et embrassa la tache de naissance juste sous son œil, avec des lèvres si douces qu'elle eut du mal à croire qu'elles appartenaient à l'homme qui la maintenait comme dans un étau.

— Je vais vous laisser quelques heures pour vous enfuir, annonça-t-il.

Puis il s'empara de ses lèvres dans un baiser brûlant et passionné qui enflamma les entrailles d'Eliza et fit naître une pulsation insistante entre ses cuisses. Il la lâcha tout aussi subitement qu'il s'était emparé d'elle et quitta le corps de garde sans un regard en arrière.

Il regagna le manoir, son propre cœur battant lui donnant l'impression que sa veste et son gilet étaient trop serrés. Il avait les mains tremblantes, mais il ignorait si cela était dû à la colère ou à la passion. Il avait été surpris par ses propres actes. Il ne perdait jamais son sang-froid, d'habitude, ne se montrait jamais impulsif. Il n'aurait jamais pu espionner pour le compte de son pays aussi longtemps, si c'était le cas. Et pourtant, la trahison d'Eliza Hunt le blessait profondément, ce qui prouvait à quel point l'avenir qu'il avait imaginé avec elle l'avait emporté.

Mais il aurait dû s'en douter. Il ne se marierait jamais, et cette rencontre absurde lui démontrait qu'il était incapable d'aimer. Quel genre d'homme ouvrait les dessous d'une femme pour la fouetter ? Il n'avait même pas tenté de lui soutirer des aveux. Il avait perdu la tête et s'était acharné sur elle à coups de cravache comme un homme perturbé.

Pourtant…

Il s'arrêta brutalement et songea à la preuve de l'excitation de Miss Hunt entre ses cuisses. Il porta son pouce à son nez pour humer son nectar, et un frisson de désir parcourut tout son corps.

Grand Dieu, je suis perdu.

Il la désirait. Ardemment. L'idée qu'elle ait pu être excitée par la façon dégradante dont il l'avait traitée envoya un éclair de désir dans sa virilité. Son esprit était brouillé, confus. Avait-il fait preuve de cruauté ? Il avait passé toute sa vie à étouffer son désir de coucher une femme sur ses genoux pour corriger ses fesses nues. Il ne voulait pas devenir le même homme impitoyable que son père, qui avait battu femme et enfants jusqu'à ce qu'ils s'enfuient et changent de nom pour lui échapper. À présent, son secret le mieux gardé avait été dévoilé dans un moment de passion, et à sa grande surprise, sa victime avait été aussi excitée que lui. Seule une découverte de cette importance avait pu le convaincre de tourner le dos à son pays et de libérer la traîtresse coupable d'avoir voulu vendre des secrets d'État. Il se remit en marche tout en se demandant que faire. Il avait en sa possession les documents qu'il avait trouvés dans la doublure de la malle de Miss Hunt. C'était le plus important, même si elle en possédait peut-être une copie. Devait-il la laisser s'en tirer, ou bien informer Smith et Jenners immédiatement pour qu'ils la prennent en chasse ?

La suivre leur permettrait d'obtenir de plus amples informations, et il pourrait toujours convaincre le juge de se montrer clément avec elle, même s'il n'avait pas plus envie de la voir embarquer pour l'Australie que de la voir pendue. Mais c'était la bonne chose à faire. Il regagna le manoir à la hâte et se rendit dans l'aile des domestiques.

Jenners vint à sa rencontre dans l'escalier.

— Je vous cherchais ! s'exclama ce dernier.

John haussa les sourcils en guise d'avertissement.

— Euh… Monsieur le Comte, se reprit Jenners d'un ton

plus servile. Je… je me demandais si vous aviez besoin de quoi que ce soit.

— En effet, Jenners. Venez immédiatement dans ma chambre.

— Entendu, Monsieur le Comte.

Smith se joignit à eux, et les trois hommes montèrent l'escalier jusqu'à la chambre de John.

— La femme de chambre de Miss Hunt a quitté la propriété, annonça Jenners une fois la porte fermée.

— Quand ?

— Il y a deux heures, répondit Smith. Je suis navré. Quand je l'ai découvert, elle était déjà partie, sinon je l'aurais suivie.

— Est-elle partie seule ?

— Oui, conduite par l'un des cochers. Elle a prétexté un parent malade, mais à ma connaissance, elle n'avait reçu aucune missive.

— Vous pensez qu'elle avait conclu la transaction ? demanda Jenners.

John fouilla dans sa poche et sortit les documents, qu'il jeta sur le lit en direction de Jenners.

— Non, sauf si elle les a vendus à Miss Hunt. Je les ai trouvés dans sa chambre ce matin.

— Où est Miss Hunt ? s'enquit Smith. Elle n'est pas partie avec sa femme de chambre.

— En effet, elle est toujours là.

— Vous croyez que la domestique a caché les documents dans les effets de sa maîtresse pour qu'ils soient en sécurité avant la transaction ? Et après avoir constaté leur disparition, elle s'est enfuie ? dit Jenners.

John tremblait de tout son corps. Se pouvait-il que Miss Hunt soit innocente ? Il l'espérait sincèrement, mais… si tel était le cas, il avait commis des actes inexcusables. Si elle appartenait réellement à la puissante famille Hunt, il venait de signer la fin de sa carrière, et il pourrait s'estimer heureux de ne pas finir en Australie lui-même, après ce qu'il lui avait fait. Oh, Seigneur.

— Je vais aller chercher Miss Hunt, annonça-t-il, surpris de son ton calme. Gardez l'œil ouvert et repérez d'éventuelles allées et venues.

— Quelqu'un arrive, justement, dit Smith en se dirigeant vers la fenêtre au son d'une calèche.

— Je vais aller chercher Miss Hunt, répéta John, incapable de rester un instant de plus dans cette pièce étouffante. Il sortit, descendit l'escalier d'un pas pressé, et se retrouva face à la dernière personne qu'il aurait imaginé trouver là. Elle se tenait aux côtés de Lady Westerfield dans l'entrée, prête à accueillir les nouveaux venus. Elle ne l'avait pas encore vu, contrairement à leur hôtesse.

— Oh, Lord Darlington, s'exclama cette dernière. Venez rencontrer Mr et Mrs Hunt, ils arrivent tout juste.

Si John avait été une femme, il aurait défailli. Étourdi, son maillot de corps trempé de sueur, il avait l'impression qu'une enclume pesait au fond de son estomac. Trop honteux pour affronter le regard de Miss Hunt, il perçut tout de même qu'elle était troublée.

Le majordome fit entrer le couple, et les deux dames saluèrent Mr et Mrs Hunt avant que Lady Westerfield fasse les présentations. Il savait qu'il devait sembler pâle, car il avait froid malgré ses paumes moites. Il parvint tout de même à saluer les nouveaux venus, sans savoir ce qu'il leur disait. Il osa jeter un regard vers leur fille, et lorsque leurs yeux se croisèrent, une drôle de sensation le saisit aux tripes. Elle le dévisageait, et son examen minutieux le troubla davantage. Il avait envie de lui parler, mais il ne savait que dire.

Pire encore, il avait beau croire en son innocence, il n'avait d'autre choix que de la garder sur la liste des suspects.

Il ne pouvait pas se fier à son propre jugement, avec elle. Il avait trouvé les documents dans sa chambre, après tout. Tout compliquait de potentielles excuses.

Il prit congé et s'enfuit, s'attendant à être convoqué d'un instant à l'autre par Lord Westerfield ou Mr Hunt, une entrevue qui sonnerait le glas de sa carrière et de ses chances avec Miss Hunt.

Non, il n'avait déjà plus aucune chance avec elle, après ses agissements.

~

Darlington avait paru profondément secoué. Son visage pâle avait eu l'expression d'un écolier pris en faute. Il avait eu les yeux écarquillés, le front trempé de sueur. Lorsque leurs regards s'étaient croisés, ses yeux débordaient d'excuses. S'il l'avait contemplée d'un air moqueur, l'humiliation d'Eliza l'aurait poussée à faire un esclandre. Mais l'arrivée de ses parents semblait avoir prouvé à Darlington qu'elle n'était pas la criminelle pour qui il l'avait prise, et sa mortification manifeste face à son erreur l'avait radoucie.

Il avait pris ses jambes à son cou, avant de garder un silence presque complet durant le dîner. Lady Westerfield les avait de nouveau placés l'un à côté de l'autre, mais ils ne s'étaient pas adressé la parole et n'avaient conversé avec personne d'autre, la tension entre eux de plus en plus forte au cours de ce repas silencieux.

Vous êtes la seule femme à qui j'ai eu envie de faire la cour.

Ces mots tournaient en boucle dans l'esprit d'Eliza, transformant la douleur qu'elle ressentait en s'asseyant sur ses fesses endolories en une expérience sensuelle teintée d'excitation et de passion.

Vous ignorez réellement à quel point vous êtes belle.

L'émotion de Darlington avait semblé si sincère, ses paroles si candides. Elle aurait dû être en colère, après la façon dont il l'avait traitée, mais elle ne parvenait pas à en regretter un seul instant. Pas même la morsure de la cravache qu'il avait maniée sans pitié.

J'ai l'impression que vous trouvez cela excitant.

Il avait vu juste. Que cela signifiait-il ? Comment pouvait-elle être émoustillée alors qu'un fou lacérait sa peau ?

Comme pour répondre à sa question, le lendemain, Lady Westerfield et elle étaient seules dans le petit salon lorsque son hôtesse fit une remarque qui lui enflamma de nouveau les entrailles.

— J'adore recevoir beaucoup d'invités. Si cela ne tenait qu'à moi, je demanderais à tout le monde de passer l'été avec nous. Mais si je suggérais une telle chose, Lord Westerfield me donnerait une fessée !

Se souvenant de la menace de Darlington de lui donner une fessée, elle comprenait désormais l'expression qu'il avait eue en la regardant. Avide. Comme s'il trouvait cette idée alléchante.

— Tous les époux font-ils... une telle chose ?

Elle craignait d'avoir offensé son hôtesse, mais celle-ci se mit à rire.

— Ils en ont certainement le droit. Et je pense que certains y prennent plus de goût que d'autres. Lord Westerfield est plutôt strict, mais cela me plaît.

Elle esquissa un sourire coquin, comme si elle se délectait des méthodes de son mari.

— Pourquoi ?

— Mon époux est un homme passionné. C'est l'une des façons dont il me témoigne son amour, je suppose. Quand il me punit, je réalise toujours à quel point je compte à ses yeux. Il m'accorde son attention pleine et entière.

— Ne préféreriez-vous pas qu'il vous l'accorde d'une autre façon ?

Elle haussa les épaules.

— J'aime aussi les autres façons, dit-elle avec un nouveau sourire suggestif. Mais je ne renoncerais surtout pas à ses corrections. Quelque chose de particulièrement… intime se produit lorsqu'il me punit. Et ensuite, il se montre toujours beaucoup plus doux.

Elle haussa les sourcils pour souligner l'indélicatesse de ses propos.

Eliza rougit jusqu'à la racine des cheveux, et ses fesses endolories fourmillèrent, tout son corps en émoi à la mention du mot *intime.*

— Après, je me sens très proche de lui, et je sais à quel point il me chérit. Alors oui, aussi étrange que cela puisse paraître, j'aime qu'il me prenne fermement en main.

Darlington et Eliza avaient été *intimes.*

Était-ce pour cela qu'elle se sentait liée à lui ? Depuis qu'elle avait vu son expression horrifiée, la veille, elle ressentait le besoin de le rassurer, comme s'il était la victime de leur accrochage et qu'il devait être réconforté. À moins qu'elle veuille simplement lui faire savoir qu'elle désirait toujours être courtisée.

Cette perspective lui donnait le tournis. Souhaitait-elle réellement être courtisée par Darlington, un homme qui n'était pas un Lord, mais une sorte d'espion ? Un homme qui avait ouvert ses dessous pour lui donner des coups de cravache ? Un homme qui lui avait fait prendre goût à sa correction ?

Oui. Peut-être même encore plus qu'avant. Elle avait perçu quelque chose de redoutable et de passionné en lui, et à présent qu'elle y avait goûté, ses désirs les plus enfouis s'étaient éveillés. Et les propos de Lady Westerfield lui donnaient envie de vivre la même chose : d'être corrigée, d'être choyée.

— Comment évolue votre relation avec Darlington ? s'enquit son hôtesse. J'avais cru percevoir de l'attirance, mais hier soir, vous vous êtes à peine adressé la parole.

Lady Westerfield était connue pour ne pas avoir sa langue dans sa poche.

— Euh… Je ne sais pas, honnêtement. Nous avons eu un malentendu, mais il est peut-être possible de l'éclaircir.

Lady Westerfield lui tapota la main.

— Je n'en doute pas. J'ai vu les regards qu'il vous jette, ma chère, et je sais qu'il est conquis.

Eliza parvint à esquisser un sourire.

— Je l'espère, dit-elle d'une petite voix.

Puis, se souvenant que Darlington avait dit que Lord Westerfield connaissait sa véritable identité, elle sonda son hôtesse :

— Que savez-vous de Lord Darlington, Madame la Comtesse ?

— Je vous en prie, appelez-moi Kitty. Je sais très peu de choses. J'ai cru comprendre qu'il avait passé plusieurs années à l'étranger, qu'il venait de rentrer et qu'il désirait faire la connaissance de mon époux car ils partagent certains idéaux en matière de politique.

— Je vois.

Eliza était déçue de ne pas en apprendre davantage. Tant pis, elle devrait le lui demander en personne.

Elle passa l'après-midi à espérer le croiser, mais il s'était volatilisé, et lors du dîner, leurs interactions furent tout aussi raides que la veille. Il quitta la salle à manger dès la fin du repas.

Eliza se rendit dans sa chambre, regrettant de nouveau le départ importun de sa femme de chambre, une fille qu'elle employait depuis peu et dont elle doutait du retour prochain, étant donné qu'elle l'avait quittée sans la prévenir en raison d'une prétendue urgence. Lady Westerfield lui avait proposé les services de sa propre employée de maison, mais Eliza avait décliné, capable de se déshabiller seule sans trop de problèmes, car sa robe et son corset se laçaient, au lieu de s'agrafer.

Lady Westerfield ou la très compétente Mrs Burling semblait avoir envoyé quelqu'un allumer sa lampe, cependant, ce qui la soulagea. Elle ferma la porte, et elle se dirigeait vers l'armoire lorsqu'une grande main se plaqua sur sa bouche pour étouffer son cri.

— Je ne vous veux aucun mal, dit-il à voix basse à l'oreille de Miss Hunt. Je souhaitais simplement vous parler en privé. M'accorderez-vous quelques minutes ?

Il avait crocheté sa serrure et s'était introduit dans sa chambre, impatient de s'entretenir avec elle avant que son univers s'écroule. S'il s'écroulait. Elle ne semblait avoir parlé de sa mésaventure à personne. Cela prouvait peut-être sa culpabilité. À moins qu'il l'ait humiliée au point qu'elle soit incapable d'en parler, une idée qui le tourmentait.

Lorsqu'elle hocha péniblement la tête, il ôta sa main de sa bouche, mais garda un bras autour de sa taille, son dos contre son torse.

— Comme vous l'avez déjà deviné, je suis espion au service de Sa Majesté. J'ai découvert des documents compromettants dans la doublure de votre malle.

Elle tordit le cou, et il lui lâcha la taille afin de la faire pivoter vers lui. Elle semblait prête à se défendre, cette fois, ses sourcils froncés avec indignation.

— Vous savez parfaitement que je n'ai rien à voir dans…

— Votre femme de chambre est partie brusquement, hier. Vous a-t-elle dit où elle se rendait ?

Il n'avait pas prévu de l'interroger à nouveau, mais il avait des années d'expérience, et les mots passèrent ses lèvres plus aisément que les excuses qu'elle aurait pu rejeter.

Elle resta bouche bée.

— Vous croyez que Lottie… ?

Elle vacilla, lui donnant l'occasion délicieuse de l'enlacer à nouveau.

— Oui, dit-elle, le souffle court. Oui, je suppose que cela pourrait être elle. Elle ne travaillait pas pour moi depuis longtemps, et je sais peu de choses de son passé.

Elle jouait peut-être la comédie, mais ses mots semblaient sincères. Il inspira, conscient qu'il devait se jeter à l'eau.

— Miss Hunt… mon comportement est inexcusable. J'ai commis une terrible erreur. Je ne peux pas vous demander de me pardonner, mais j'espère tout de même que vous… eh bien…

Qu'espérait-il ? Qu'elle se jette à son cou pour l'embrasser ? Oui. Mais pour rester réaliste… Il espérait surtout qu'elle ne souffrirait pas outre mesure du souvenir de ce qu'il avait fait.

Il eut du mal à trouver ses mots.

— Vous ne m'avez dénoncé à personne. Je vous en suis reconnaissant, et en même temps… J'espère que ce n'est pas la… honte qui vous pousse à garder le silence. Je suis le seul coupable. Le seul.

Les yeux de Miss Hunt s'emplirent de larmes, qu'elle ravala.

Il sentit son cœur se serrer. Il l'avait humiliée. Il avait souillé son innocence, comme s'il l'avait violée.

Il prit son visage entre ses mains.

— Je vous implore de me dénoncer. Vous n'avez aucune honte à avoir.

— S'il s'agissait de n'importe qui d'autre, je l'aurais dénoncé immédiatement, dit-elle en se redressant.

Il mit quelques instants à assimiler ce qu'elle avait dit, mais quand il comprit, son cœur battit si fort à ses tympans qu'il en devint presque sourd. Il s'empara de sa main et la colla contre sa poitrine.

— Cela veut-il dire, demanda-t-il d'une voix éraillée, que vous éprouvez quelque chose pour moi ?

— Oui, Lord Darlington, dit-elle avant de se corriger. Je veux dire oui, Monsieur.

Il écrasa ses lèvres avec les siennes et plaça une main derrière sa tête pour la garder captive de son invasion.

— Ma douce Elizabeth, dit-il d'une voix rauque après avoir interrompu leur baiser.

— Eliza, le corrigea-t-elle.

— Ma douce Eliza.

Il se jeta de nouveau sur sa bouche, lécha ses lèvres, goûta à la sensation enivrante du baiser qu'elle lui rendait timidement.

Il la tira vers le lit, s'y installa et l'assit sur ses genoux.

— Me pardonnerez-vous un jour ? Vous deviez être si perdue, si effrayée.

Il lui caressa la joue, et elle eut un sourire ironique.

— Je vous pardonnerai peut-être une fois que je pourrai m'asseoir sans douleur.

Il rit, et sa main glissa sous la partie de ses fesses qu'il pouvait atteindre pour les caresser. Son membre se mit aussitôt au garde-à-vous. Il se souvint des deux globes jumeaux, parfaitement nus, du miel de son désir qui coulait le long de sa cuisse. Il avait aimé la fouetter. Que Dieu lui vienne en aide, il avait adoré cela. Les petits cris et halètements qu'elle avait poussés, les stries rouges sur sa peau pâle.

Comment un homme pouvait-il aimer infliger de la douleur ? Il avait toujours su que quelque chose n'allait pas chez lui.

Pourtant, elle avait été excitée, elle aussi. Et elle était assise sur ses genoux, sans protester, et le laissait lui faire la cour. Elle boudait quelque peu, mais elle ne devait pas être si furieuse que cela, sinon elle l'aurait repoussé.

Il palpa de nouveau ses fesses, puis, alors que le désir l'envahissait, il la souleva et se mit debout.

— Je ferais mieux de quitter votre chambre avant de faire quelque chose d'encore plus inapproprié.

Il se pencha pour l'embrasser rapidement sur les lèvres.

— Quand toute cette affaire sera réglée, je parlerai à votre père, promit-il.

Il colla son oreille à la porte afin de s'assurer que le couloir était désert, puis il se faufila dehors, son sexe endolori par l'excitation.

CHAPITRE TROIS

— Ma chérie, votre père a quelque chose à vous annoncer, lui dit sa mère alors qu'elle revenait de sa promenade matinale, hélas non interrompue par le bel espion.

Mrs Hunt avait une vive lueur dans les yeux, comme si la nouvelle, quelle qu'elle soit, l'enthousiasmait.

— Oui, Père ?

— Venez, passons dans la bibliothèque, suggéra-t-il avec un clin d'œil.

Un frisson joyeux la traversa. Darlington avait-il déjà demandé sa main ? Elle souleva ses jupons et quitta la pièce d'un pas chaloupé.

— Un gentilhomme souhaite vous courtiser, ma chérie, annonça son père une fois assis autour d'une table avec son épouse et sa fille.

— Oh ? dit-elle d'une voix faussement innocente.

— Oui. Il craint que ses avances ne soient pas les bienvenues, mais il semble positivement sous le charme.

Le cœur battant, elle tenta de ne pas laisser un sourire lui fendre le visage.

— Eh bien, que lui avez-vous dit ?

— Ne souhaitez-vous pas d'abord découvrir de qui il s'agit ?

Oh, bien sûr. Elle n'était pas censée le savoir. Elle cessa de se tordre les doigts.

— Si, bien entendu ! De qui s'agit-il ?

— De Lord Auburn.

Elle mit trois longues secondes à comprendre les mots de son père, et lorsqu'elle les comprit, elle resta bouche bée.

— Lord Auburn ?

Sa mère rayonnait.

— C'est merveilleux, ma chérie.

Un mélange de colère et de peur s'empara d'elle.

— Non, bredouilla-t-elle. Cela n'a rien de merveilleux !

— Pourquoi donc ?

Les joues brûlantes, elle répondit :

— Parce qu'il… parce qu'il… eh bien, il…

— Il m'a confié vous avoir fait des avances prématurées, intervint son père. Il craignait de vous avoir échaudée, et il s'en est excusé auprès de moi.

— Auprès de vous ? répéta-t-elle, les tempes battantes. Il ne s'en est pas excusé auprès de moi, et n'a même jamais tenté de me faire la conversation avec politesse ! Si je l'intéresse, c'est uniquement à cause de votre fortune, pas par désir de passer sa vie avec moi.

— Eliza, comment pouvez-vous dire une telle chose ? la rabroua sa mère.

— C'est la vérité !

— Mais non, voyons. Il est charmant et semble très sincère. Ce n'est pas parce que vous avez une piètre opinion de vous-même qu'il…

— Ce n'est pas pour cela ! coupa-t-elle en haussant le ton.

— Calmez-vous, Eliza, ordonna son père d'un ton calme.

— Certainement pas ! Que lui avez-vous répondu, Père ?

— Eh bien, je ne réalisais pas que vous rejetteriez ses avances, dit-il, une note réprobatrice dans la voix.

Elle se rembrunit.

— Je vous assure qu'il s'est montré grossier. Il a tenté de m'embrasser ici même. Si Lord Darlington n'était pas intervenu, qui sait ce qui aurait pu m'arriver ? Il projetait peut-être de me compromettre afin de vous contraindre à lui donner ma main.

Ses parents la regardaient comme si une deuxième tête lui était poussée.

— Lord Auburn m'a mis en garde contre ce Lord Darlington. Il pense qu'il n'est pas celui qu'il prétend être.

Eliza lutta pour calmer sa respiration haletante, les dents serrées.

— Lord Darlington est un parfait gentilhomme, quelle que soit son identité.

— Qu'entendez-vous par là ? Eliza, vous vous comportez comme une sotte, commenta sa mère d'un air de pitié.

Eliza bondit sur ses pieds.

— Absolument pas. C'est vous qui vous fourvoyez ! Je n'ai aucune envie d'être courtisée par Lord Auburn. Je n'épouserai pas un homme aussi discourtois.

— Eliza…

La voix grave de son père la suivit, mais lorsqu'elle atteignit le seuil, elle l'entendit pousser un soupir résigné et ne se retourna pas pour lui répondre.

Une fois dans le couloir, elle évita les convives rassemblés dans le petit salon et s'enfuit dans le jardin pour une nouvelle promenade solitaire. Elle était terriblement déçue. Lord Auburn avait demandé l'autorisation de la courtiser ? Cette simple idée lui donnait envie de le gifler !

Elle marcha durant plus d'une heure, jusqu'à ce que son cœur se soit calmé et que sa respiration ait atteint ses pleines capacités, ou du moins les capacités que lui permettait son corset. Sur le chemin du retour, elle songea à sa situation. Darlington devrait parler à ses parents bientôt. Mais l'accepteraient-ils à la place de Lord Auburn ? S'il s'agissait vraiment de Lord Darlington, peut-être, mais en tant qu'espion, même d'envergure ? Était-il simple agent, ou chef des services secrets ? Son autorité naturelle lui donnait l'impression qu'il avait un poste important, mais elle n'en savait rien. Ses revenus annuels ne devaient pas être mirobolants. Elle s'en fichait, pourtant. Son père était bien assez riche, et elle ne manquerait de rien. Elle était fille unique, après tout. Mais approuverait-il une telle union ? Il avait toujours eu de l'ambition ; il travaillait nuit et jour pour bâtir son empire. Et il avait également de l'ambition pour elle. La marier à un aristocrate aurait été la cerise sur le gâteau, pour lui.

Lorsqu'elle revint, elle évita les convives qui jouaient sur la pelouse et se faufila dans la bibliothèque pour choisir un livre, projetant de s'isoler dans sa chambre. Elle ne supportait plus les pressions de la vie en société.

— Vous cachez-vous ?

La voix de baryton de Darlington la fit sursauter.

— Non. Enfin, oui, peut-être.

Elle lui jeta un regard par-dessus son épaule et lui adressa un sourire timide.

— Pourquoi ? Votre compagnie m'avait manqué.

Elle était contente de l'entendre le dire, mais les tensions de la matinée l'empêchèrent de céder à son charme.

— Lord Darlington, quelles sont vos intentions me concernant ?

— Je compte vous faire la cour après la résolution de cette affaire. Je croyais que cela vous convenait.

— Vous n'y êtes pas obligé, vous savez, dit-elle à brûle-pourpoint.

Il haussa les sourcils.

Elle bredouilla :

— Je veux dire… Je sais que vous croyez m'avoir compromise, dans le corps de garde. Vous pensez certainement avoir des obligations envers moi. Pour me protéger d'un scandale. Ou pour vous faire pardonner les libertés que vous avez prises, pour éviter que j'en parle à mes parents.

Il parcourut la distance qui les séparait en deux grandes enjambées, les sourcils froncés, une expression ténébreuse au visage.

— Que voulez-vous dire, Eliza ?

Elle frémit en l'entendant prononcer son nom.

— Je veux dire… que vous n'avez aucune obligation. Mon innocence est toujours intacte, et je ne parlerai à personne de ce qui s'est passé entre nous. Vous ne devez pas vous sentir contraint…

— Contraint ? répéta-t-il en la prenant par les épaules. Vous croyez que je souhaite vous épouser par sens du devoir ? Pour restaurer votre honneur ?

Elle leva les yeux vers lui, espérant qu'il jurerait que ce n'était pas le cas. Mais il fit tout autre chose. Il la tira vers le canapé, s'y assit, et l'allongea sur ses genoux comme une enfant. Elle comprit aussitôt ses intentions et étrangement, aucune part d'elle ne s'y opposa. Il souleva ses jupons et ouvrit la fente de ses dessous. Ce n'est que lorsque sa paume s'écrasa bruyamment sur sa chair qu'elle se débattit, réveillée par la douleur.

Il la saisit fermement par la taille pendant que sa paume continuait de s'écraser sur sa peau nue.

— Oh ! Aïe ! Arrêtez ! s'exclama-t-elle, surprise par l'intensité de la douleur, car sa chair tendre venait à peine de se remettre du précédent assaut. Oh, Seigneur !

Les claques résonnaient, et elle craignit d'être découverte.

— Je vous en prie ! Quelqu'un risque de nous entendre !

~

— Lorsque vous vous comporterez sottement, Eliza, je vous fesserai, dit-il, lui-même surpris par son audace. Comment avez-vous pu décider, entre hier soir et aujourd'hui, que je ne vous aimais pas ?

Elle cessa de se débattre et poussa une petite plainte, immobile, comme pour l'écouter.

— Vous m'avez entendu, poursuivit-il en entamant une nouvelle série de tapes. Je vous aime, ma chère Eliza. Je souhaite vous épouser. Je croyais que mes sentiments étaient réciproques.

— Ils le sont ! s'exclama-t-elle.

Ses fesses s'agitaient sur ses genoux pour éviter ses coups. La peau laiteuse avait pris une jolie teinte rosée dont la vue lui prodigua un sentiment de pouvoir viril. Savoir qu'Eliza était, ou serait bientôt, à la merci de son adoration et de ses châtiments le rendait fou d'excitation.

— Pourquoi avez-vous douté de moi ? s'enquit-il sans cesser de la fesser dans un rythme régulier.

— Je... je ne sais pas !

Il frappa plus fort.

— Irrecevable ! Eliza, je crois que vous avez tendance à douter de votre valeur. Et je ne le permettrai plus.

— Oooh !

Sa réponse étouffée fut accompagnée d'une ondulation contre son membre durci, et il ravala un gémissement, marquant une pause pour caresser la chair échauffée.

— J'ai l'intention de vous démontrer à quel point je vous trouve spectaculaire, dit-il, la voix rendue rauque par ses charmes. Et quand vous l'oublierez, je vous le rappellerai d'une main impitoyable.

Il lui assena trois claques supplémentaires sur les fesses. Elle glapit.

— D'ailleurs, la prochaine fois que vous l'oublierez, je vous fouetterai avec une lanière de cuir.

Sur le point de refermer les dessous d'Eliza, il s'interrompit pour humer son excitation. Il jeta un regard entre ses jambes et vit que son sexe adorable luisait de ses fluides.

Juste ciel.

Ses doigts, habituellement assurés en toutes situations, tremblaient légèrement lorsqu'il caressa ses fesses plantureuses pour descendre jusqu'à sa cuisse, avant de remonter vers l'intérieur. Son majeur effleura son sexe, et ils poussèrent tous deux une exclamation. À sa grande surprise, elle ne serra pas les jambes et ne protesta pas. En fait, elle écarta même les cuisses et souleva le derrière pour encourager ses attentions. Il continua de l'effleurer avec une infinie douceur, glissant le long de sa fente mouillée. Son membre était dressé contre la hanche d'Eliza, et il se mit à haleter. Il remonta avec son doigt, créant une pression susceptible de l'exciter, et cela fonctionna, à en juger par la façon dont elle se cambra contre sa main.

Mais les voix de deux hommes les firent sursauter. Elle quitta maladroitement ses genoux et il bondit sur ses pieds tout en la soulevant. La porte de la bibliothèque s'ouvrit, et une Eliza échevelée se dirigea aussitôt vers l'entrée, s'inclinant devant Lord Westerfield et son père avant de quitter la pièce sans un regard en arrière.

Les deux hommes le fusillèrent du regard, bien qu'il gardât une expression neutre.

— Venez. Les messieurs partent à la chasse, dit Westerfield avec une autorité sans appel.

— Bien, Monsieur le Comte.

Il suivit les deux hommes hors de la bibliothèque.

Mr Hunt et Lord Auburn se trouvaient au sein du groupe,

et ils semblaient tous deux le regarder d'un air soupçonneux. Les sens en alerte, John espérait toujours démasquer l'acheteur ou l'acheteuse des plans, à moins que Charlotte Smith, la femme de chambre de Miss Hunt, les ait achetés avant de les cacher, auquel cas c'était le vendeur ou la vendeuse qu'il cherchait ; il poussa un soupir. Les informations en sa possession n'allaient pas bien loin.

Les hommes tirèrent sur des canards, préalablement effrayés par les chiens d'arrêt de Westerfield. John leva son fusil et tira. Les chiens se ruèrent sur les canards tombés au sol, mais aucun d'entre eux ne prit la direction de la cible de John, aussi il traversa les herbes hautes pour se mettre en quête de son colvert.

Il le trouva et le saisit par les pattes, mais le pauvre animal n'était pas encore mort et battit des ailes, apeuré. John abrégea ses souffrances en lui tordant le cou, mais avant qu'il puisse rebrousser chemin, le métal dur d'un canon de fusil se pressa contre ses côtes.

Il n'était pas responsable de ses actes instinctifs face au danger. Parfois, un homme reste paralysé au lieu de se battre, et parfois, il se bat quand il serait plus sûr de se rendre. Dans ce cas précis, sans réfléchir, John laissa tomber son canard, pivota et fit un pas de côté tout en saisissant le canon de l'arme pour l'abattre sur la tête de son agresseur. Il s'interrompit juste à temps.

Mr Hunt avait plié les genoux, en état d'alerte, prêt à parer son coup.

Avec un soupir, John baissa le fusil et le lui rendit.

— Aviez-vous l'intention de me tuer, Hunt, ou seulement de me menacer ?

L'homme d'âge mûr, renfrogné, s'empara de l'arme d'un geste impatient.

— Je veux savoir ce que vous faisiez avec ma fille dans la bibliothèque.

John garda un air impassible.

— Je souhaite l'épouser.

Il n'avait pas prévu de parler aux parents d'Eliza avant d'être en mesure de le faire sous sa véritable identité, mais il n'avait pu s'empêcher d'exprimer ses intentions.

Hunt fronça les sourcils.

— À quoi jouez-vous, Darlington ?

— À rien.

Le père d'Eliza plissa les yeux.

— Pourquoi ma fille vous intéresse-t-elle ?

Cette question l'agaçait, même si elle n'avait pas forcément pour but de dénigrer Eliza.

— Pourquoi ne m'intéresserait-elle pas ? répliqua-t-il.

Soupçonneux en toutes circonstances, il se demanda si Hunt pouvait être son traître, se servant de la malle de sa fille pour transporter les documents. Il n'avait pas semblé surpris face à la contre-attaque subite de John.

— Qui êtes-vous réellement, Darlington ?

— Un homme qui a soif de justice, répondit-il d'un ton d'avertissement au cas où Hunt serait son suspect.

— Ne vous avisez plus de vous enfermer avec ma fille.

Il ne pouvait pas lui promettre une telle chose. Si tout se passait comme il l'espérait, si Eliza n'était pas une traîtresse et ne se moquait pas de lui, il avait l'intention de s'enfermer avec elle un peu partout jusqu'à la fin de ses jours. Mais offenser son père ne le mènerait nulle part. Il choisit plutôt de s'incliner. Hunt lui jeta un regard meurtrier, puis s'éloigna à grands pas, son fusil sous le bras.

Westerfield lui passa également un savon, le convoquant dans son bureau dès leur retour de la chasse.

— Je ne vous ai pas autorisé à séjourner ici pour que vous fassiez la cour aux dames, dit-il les dents serrées.

— En effet, Monsieur le Comte, et je n'avais pas prévu de courtiser qui que ce soit.

— Alors ?

John tritura la montre dans sa poche.

— On ne sait jamais quand l'amour peut frapper.

Il ne s'attendait pas à ce que sa réponse suffise, mais une drôle d'expression passa sur le visage de Westerfield.

— C'est exact, dit simplement ce dernier. Avez-vous avancé dans votre enquête ?

Oui, et la femme que j'aime reste une suspecte de choix.

— Un petit peu. Nous avons trouvé les documents, mais nous n'avons pas encore suffisamment de preuves pour procéder à une arrestation.

— Je vois. Puis-je vous demander où vous avez trouvé ces documents ?

Il dévisagea son hôte. Admettre que Miss Hunt était impliquée juste après avoir annoncé l'aimer ne l'aiderait pas à la conquérir.

— Je regrette, mais je ne peux pas vous le révéler, Monsieur le Comte. Je vous remercie de votre patience. J'espère toujours découvrir quelque chose à l'heure prévue pour l'échange, ce soir.

~

— Lord Auburn a déclaré vouloir me courtiser, informa-t-elle son prétendant favori dans un murmure durant le dîner avant le bal des Ides de Mars.

Auburn était assis à côté de sa mère, qu'il charmait avec ses badinages tout en adressant des sourires rayonnants à Eliza et son père dès qu'il en avait l'occasion.

À ses côtés, Darlington se raidit et jeta un regard à son concurrent.

— J'aurais dû lui casser le nez, grommela-t-il.

Elle étouffa un gloussement, ce qui lui valut un regard réprobateur de sa mère. En réponse, elle haussa vaguement les épaules.

Après le dîner, Lady Westerfield servit du chocolat chaud dans des tasses minuscules.

Le père d'Eliza prit la sienne et la lui tendit.

— Donnez-la à Darlington, je n'en veux pas, dit-il.

Eliza obéit aussitôt avec la déférence qu'elle devait à son père, et Darlington accepta tout aussi automatiquement, concentré sur Lady Westerfield, qui lui avait posé une question. Ce n'est qu'après avoir reçu sa propre tasse de chocolat qu'Eliza songea à quel point la demande de son père avait été étrange. Pourquoi ne lui avait-il pas donné sa tasse, au lieu de lui demander de la transmettre à Darlington ?

Elle jeta un regard à son père, qui semblait écouter attentivement un monologue d'Auburn. Elle jeta un coup d'œil à la tasse de Darlington. Comme les autres convives, Eliza comprise, il l'avait bue en quelques courtes gorgées, car le liquide chaud et velouté descendait bien trop facilement. Mais un résidu huileux semblait se trouver au fond de la tasse de Darlington, contrairement à celle d'Eliza.

Comme d'habitude, elle ne pouvait rien lui cacher. Il surprit son regard et le suivit, comparant les deux tasses. Il renifla la sienne, puis dévisagea Eliza avec une expression insondable. Elle sentit son cœur s'emballer douloureusement et son corset s'enfoncer dans ses côtes tandis qu'elle luttait pour respirer. Ses doigts étaient glacés, son visage exsangue.

Son père. Le traître.

Comment était-ce possible ? Et il venait d'empoisonner l'homme qu'elle aimait. Pire encore, Darlington la croyait responsable.

À l'instant où Westerfield se leva, marquant la fin du repas et le début du bal et des festivités, Darlington repoussa sa chaise et bondit sur ses pieds. Il prit le temps d'aider Eliza à se lever, mais s'inclina et murmura un « veuillez m'excuser » avant de quitter la pièce en trois grandes enjambées.

Elle le suivit, mais il avait déjà disparu. Elle prit le chemin de sa chambre, puis, par une fenêtre, elle vit sa silhouette traverser le jardin. Elle se précipita dehors, trébuchant sur les pierres dans le noir, et étouffa à peine un hurlement lorsqu'elle trouva Darlington étendu derrière un buisson.

Elle s'agenouilla auprès de lui, un sanglot dans la gorge.

— Darlington, oh, Seigneur, Darlington.

— J'espère que vous comprendrez que je vous demande de ne pas m'approcher, bredouilla-t-il.

Entendre sa voix lui donna les larmes aux yeux. Il respirait toujours, mais son visage était pâle et de la sueur perlait sur son front. Elle rampa jusqu'à lui et tira sur son foulard pour le dénouer. Il leva la main et abattit sa paume sur le derrière d'Eliza.

— Je vous ai dit de vous en aller, dit-il d'une voix râpeuse.

— Il en est hors de question.

Elle fouilla dans les poches de Darlington pour y trouver un mouchoir, tandis qu'il lui assenait une autre tape sur les fesses.

— Vous avez le derrière idéal pour la fessée, commenta-t-il, articulant avec peine.

Elle le regarda avec surprise.

— Je sais… c'est inconvenant. Mais je le suis depuis le début avec vous, n'est-ce pas ? Et pourtant, vous êtes toujours là. Ce qui prouve soit votre culpabilité, soit votre folie. Ma chère Eliza, je ne souhaite pas vous briser la nuque. Aussi devriez-vous me laisser immédiatement.

Elle n'en revenait pas qu'il la prenne pour une meurtrière, et que son pire châtiment ait été une tape sur le derrière. Mais il n'avait pas toute sa tête.

— Je n'ai pas non plus envie d'avoir la nuque brisée, Monsieur, dit-elle en lui essuyant le front avec le mouchoir.

Mais je ne peux pas vous laisser mourir. Je vous en prie, croyez-moi. Je n'ai rien à voir avec votre empoisonnement. Bon, je sais que c'est moi qui vous ai donné la tasse, mais c'est seulement une fois que vous l'avez vidée que j'ai compris qu'elle était empoisonnée, et vous l'avez compris au même moment…

Elle s'interrompit, consciente que ses bafouillages ne résolvaient rien.

— Dites-moi que faire, reprit-elle, cédant aux larmes qui faisaient pression derrière ses yeux. Darlington, que puis-je faire pour vous sauver ? Y a-t-il une solution ?

Sa voix se brisa dans un sanglot en prononçant ces derniers mots, et les larmes roulèrent librement sur ses joues. Il plongea la main dans le col de sa robe, sous son corset, puis la retira et traîna Eliza sur ses genoux.

Elle renifla.

— Que… que faites-vous ?

— Je cherche un couteau.

Il glissa ses paumes chaudes à l'extérieur des jambes d'Eliza, autour de ses dessous, puis redescendit à l'intérieur de ses cuisses.

Il s'écroula de nouveau sur le flanc, puis sur le dos, comme un homme ivre. Elle s'assit sur lui à califourchon et le dévisagea.

— Je vous assure que je ne suis pas armée. Je n'ai aucunement l'intention de vous tuer, Darlington. Je ne suis pas mêlée à cette affaire ; je vous le promets.

— Si quelqu'un doit me tuer, je suppose qu'il vaut mieux que cela soit vous, marmonna-t-il en la prenant par la taille.

Elle poussa une exclamation, réalisant que sa virilité durcie reposait entre ses jambes et qu'il tirait du plaisir de ses mouvements.

Elle se dégagea en toute hâte.

— C'est inapproprié, dit-elle d'une voix aussi tremblante que son corps.

Il s'assit tant bien que mal et la coucha en travers de ses genoux.

— Darlington ! s'exclama-t-elle, exaspérée, incapable de se libérer de sa poigne de fer.

Sa paume s'écrasa douloureusement sur son derrière.

— M'empoisonner est passible de fessée, déclara-t-il.

Elle gloussa à travers ses larmes, car la situation était trop absurde pour provoquer une autre réaction. Son père, qui trahissait manifestement son pays, venait d'empoisonner l'homme qu'elle aimait. Pendant ce temps, Darlington semblait préférer la fesser plutôt que lui expliquer comment lui sauver la vie ou se prémunir d'une autre tentative de meurtre éventuelle de la part d'Eliza. Les claques régulières refrénèrent les pensées brouillonnes qui se succédaient dans son esprit, et elle ne fut plus capable que de se concentrer sur le rythme insistant de sa main sur sa chair échauffée.

Il interrompit sa correction pour soulever ses jupons. Elle s'attendait à ce qu'il ouvre sa pantalette afin de frapper sa peau nue, comme il l'avait fait le matin même dans la bibliothèque, mais il glissa la paume sur ses fesses chaudes.

— Lord Darlington, dit-elle, tentant de se libérer.

— Chut.

Il glissa son autre main dans ses cheveux et la caressa avec une tendresse qui la fit fondre.

Il la trouvait irrésistible. Cela lui avait mis des bâtons dans les roues dès le départ. Jamais, en dix ans d'espionnage, il n'avait commis un impair tel que boire dans une tasse offerte par une suspecte. Hunt avait mis du datura dans son chocolat, certainement dans le but de l'immobiliser afin de l'empêcher de se rendre au point de rendez-vous plus tard dans la soirée. La dose ne devait pas être létale, sinon il serait déjà mort.

Il croyait en l'innocence d'Eliza, mais il n'avait plus confiance en ses instincts. C'est ainsi qu'il se retrouvait avec la jeune femme couchée sur ses genoux, la main sous ses jupons. Et cette fois, toute inhibition et tout sens de l'étiquette endormis par le poison, il n'avait aucune intention de s'interrompre. Son majeur glissait le long de sa fente mouillée, doucement pressé contre son entrée étroite. Elle contracta les cuisses, se cambra. Il donna une tape sur l'une de ses fesses nues.

— Faites donc plaisir au mourant, dit-il.

Il était cruel de lui faire croire que le poison le tuerait, mais il n'en avait cure.

Lorsqu'elle se détendit et lui ouvrit ses cuisses, il sentit son cœur se gonfler d'amour. Le fait qu'elle se soumette à ses exigences les plus douteuses et à ses punitions lui donnait envie de la conquérir immédiatement. Mais même son état semi-délirant ne lui permettrait pas d'aller aussi loin. Non, il voulait simplement lui octroyer un peu de plaisir.

Il glissa le doigt en elle, satisfait de la voir onduler.

— Ma douce Eliza, murmura-t-il.

Il se mit à aller et venir avec son majeur, se fiant à ses réactions pour adapter le rythme à ses besoins. Lorsqu'elle commença à se trémousser contre lui, il la saisit par les hanches et la maintint fermement pendant qu'il allait et venait vivement en elle avec son doigt, tourmentant sa chair sensible jusqu'à ce qu'elle pousse un cri, les parois de son canal étroit se contractant par vagues.

Il garda son doigt en elle jusqu'à ce que sa jouissance passe et qu'elle se laisse tomber sur ses genoux. Puis il se retira, la redressa et l'embrassa avec toute la passion que contenait son cœur.

— Levez-vous, mon amour. Nous avons un rendez-vous à respecter, que je voie clair ou non.

Il l'aida à se mettre debout, puis se leva à son tour en vacillant. Il ramassa son mouchoir et serra les poignets d'Eliza derrière son dos.

— Je suis navré, mais je vais devoir vous attacher le temps d'élucider cette affaire, ma chérie.

Il noua rapidement le mouchoir autour de ses poignets.

— Ne me croyez-vous pas ? demanda-t-elle avec une note désespérée dans la voix.

Il la saisit par le coude et la mena à travers le gazon, en direction du corps de garde.

— Bien sûr que si. Mais je ne suis pas en état de prendre des décisions raisonnables.

— Darlington, dit-elle, s'arrêtant pour le regarder, les joues trempées de nouvelles larmes ; et mon père ? Que lui arrivera-t-il ?

Il la prit par le menton et l'embrassa de nouveau sur la bouche.

— Je ferai tout ce qui est en mon pouvoir pour dissimuler sa culpabilité, promit-il.

Il n'avait aucune idée de la marche à suivre, cependant. Il ne pouvait qu'espérer que Jenners et Smith maîtrisaient mieux la situation que lui.

Et en effet, lorsqu'ils arrivèrent au corps de garde, ils trouvèrent Hunt ligoté à une chaise, en plein interrogatoire. L'une de ses lèvres était gonflée et ensanglantée, et ses yeux lançaient des éclairs.

— Vous êtes bien aimable de nous rejoindre, lança Jenners à John en guise de salutation avant de remarquer son apparence échevelée. Que vous est-il arrivé ?

John montra le prisonnier du menton.

— Il a mis du datura dans mon chocolat chaud, et je ne m'en suis rendu compte qu'après avoir vidé ma tasse.

Jenners le contempla d'un air sceptique.

— Je sais, dit John, comprenant qu'une telle bêtise de sa part puisse surprendre. Alors, que s'est-il passé à minuit ?

Jenners tira sur la corde qui ligotait Hunt.

— Il est arrivé avec une sacoche pleine d'argent. Il prétend être l'acheteur, pas le vendeur. Personne d'autre n'est arrivé. Nous avons patienté jusqu'à ce que Hunt commence à partir, puis nous l'avons invité à bavarder avec nous.

— Que lui avez-vous fait ? intervint Eliza.

Hunt n'avait pas vu que sa fille se tenait dans l'ombre, et en entendant sa voix, il rougit.

— Ne la laissez pas ici ! Elle n'a rien à voir avec tout cela ! Comment osez-vous l'impliquer pour m'atteindre ?

— Hunt, si vous souhaitiez préserver votre fille, vous n'auriez pas dû cacher les documents dans sa malle, dit Smith en donnant un coup de pied dans la chaise du prisonnier.

— Emmenez-la loin d'ici ! fulmina Hunt.

Eliza leva le menton. Elle avait séché ses larmes.

— Non. J'ai le droit de savoir, Père. Pourquoi vendez-vous des secrets d'État ?

Hunt tira sur ses liens.

— Pour la dernière fois, je ne vendais rien, j'achetais, et si j'ai organisé cette transaction, c'est pour sauver mon pays, pas lui nuire.

Il haussa les sourcils en direction de Jenners, qui haussa les épaules.

— C'est ce qu'il affirme depuis le début. D'après lui, une lettre lui est parvenue, lui demandant s'il voulait acheter les plans de bataille de l'Angleterre, avec des documents confidentiels sur des vaisseaux de guerre.

Hunt hocha la tête.

— C'est exact. Mais ces plans, je les connais déjà, puisque

c'est moi qui construis les vaisseaux en question. J'ai donc porté la lettre au juge Enton, et nous avons convenu que je me rendrais à la transaction pour arrêter le vendeur.

Smith émit un son dédaigneux.

— Voilà qui est très crédible ! Pourquoi le juge n'a-t-il pas envoyé d'agent avec vous ? Et pourquoi avez-vous empoisonné Darlington ?

Hunt gonfla la poitrine, autant que possible avec les mains liées dans le dos.

— Je suis parfaitement capable d'arrêter un homme tout seul. Et je savais que Darlington tenterait de s'en mêler.

— Comment comptiez-vous appréhender le vendeur ? En l'empoisonnant avec une tasse de chocolat ? railla Smith.

Puis, à l'intention de son patron, il ajouta à voix basse :

— Je n'aurais jamais imaginé que vous tomberiez dans le panneau de la tasse empoisonnée. Est-ce la dame qui vous l'avait donnée ?

John ignora Smith.

— Il n'y a qu'une façon d'éclaircir cette affaire, déclara-t-il.

— Couper les orteils de la fille ? proposa Smith d'un ton léger et plein d'espoir destiné à effrayer Hunt.

— Nous l'emmènerons devant le juge pour corroborer ses dires. Immédiatement.

Si Hunt disait vrai, le maltraiter risquait de coûter leur carrière aux trois espions, et de contrecarrer ses projets de mariage avec Eliza.

— Mais Monsieur, nous venons tout juste d'entamer son interrogatoire.

— Je regrette, Smith. Allez préparer la calèche et venez nous chercher.

L'homme haussa les épaules.

— Si vous insistez. Je pense toujours être en mesure de le faire parler.

— Si le juge contredit sa version des faits, vous pourrez l'interroger à loisir, promit John.

Smith sourit et souleva un chapeau imaginaire avant de les quitter.

John glissa les doigts dans l'une des mains liées d'Eliza et la pressa dans un geste rassurant. Pour elle, il espérait que Hunt avait dit vrai.

— Libérez-la. Je refuse qu'elle soit mêlée à cette affaire.

— C'est dans sa malle que j'ai trouvé les plans, Mr Hunt. Sa femme de chambre a quitté les lieux sans demander son reste.

Hunt le regarda longuement, semblant pour la première fois troublé plutôt que furieux.

— Vous avez entendu cela ? demanda le père d'Eliza à sa fille.

La main chaude de Darlington, glissée dans le creux de ses reins, lui apportait un soutien, même si c'était lui qui l'avait attachée comme une prisonnière.

— Oui, répondit-elle.

— Mais enfin, vous ne semblez pas surprise. Le saviez-vous déjà ?

— Oui, Père. Lord Darlington m'a, euh, interrogée après avoir trouvé les documents.

Le bout de ses oreilles se mit à chauffer au souvenir de ce moment qui avait eu lieu exactement au même endroit. Elle dut faire un effort surhumain pour ne pas chercher des yeux la cravache dont il s'était servi pour fouetter ses fesses nues.

— Lord Darlington mon œil, railla son père. Détachez-moi !

— Toutes mes excuses, mais je ne peux pas faire confiance à un homme qui a empoisonné mon chocolat, répondit l'espion d'un ton ironique.

Eliza avait temporairement oublié l'empoisonnement, tant il se montrait à la hauteur de la situation. Elle lui jeta un regard et vit la pâleur de sa peau ainsi qu'une pellicule de sueur sur sa lèvre supérieure, indiquant qu'il pâtissait toujours de ses effets.

Une calèche arriva dehors. L'homme appelé Jenners se dirigea d'un pas sautillant jusqu'à son père pour libérer ses bras liés de la colonne à laquelle ils les avaient attachés.

Darlington dénoua le mouchoir autour des poignets d'Eliza.

— Regagnez le manoir et expliquez la situation aux Westerfield ainsi qu'à votre mère.

— Non, dit-elle, les yeux embués par une vague de désespoir. J'ai besoin de savoir.

Elle l'implora silencieusement de la comprendre. Elle ne pouvait pas rester sans savoir si son père était un traître et quel sort lui serait réservé.

Il poussa un soupir.

— Comment vous refuser quoi que ce soit, lorsque vous me regardez ainsi ? murmura-t-il tandis que Jenners escortait le père d'Eliza jusqu'à eux.

— Merci.

Il la mena à la calèche et l'aida à monter, en parfait gentilhomme. Son père s'assit à côté d'elle, sans cesser de grommeler au sujet de ses mains liées. Jenners s'installa face à eux, l'air menaçant. Darlington s'assit à côté de lui et ordonna au cocher :

— Conduisez-nous au manoir. Je dois informer Westerfield de notre départ, sans quoi Mrs Hunt se fera un sang d'encre.

— Elle sera furieuse que vous me traîniez à Londres au

beau milieu de la nuit, marmonna le père d'Eliza, mais Darlington ne fit pas attention à lui.

Une fois la calèche face au manoir, Darlington descendit, et Jenners balaya Eliza du regard.

— Pourquoi vous l'avez détachée ?

Darlington leva les yeux au ciel.

— Je l'emmène avec moi, si vous n'êtes pas capable de la surveiller.

Il tendit la main à Eliza, qui la saisit, préférant rester aux côtés de l'espion.

— C'est cela, excellente idée ! grommela Jenners.

Eliza avait l'impression de former avec Darlington un vieux couple faisant front face aux difficultés.

— Ma chérie, dit-il en passant un bras autour de sa taille une fois hors de vue de la calèche.

La tendresse dans son ton fit s'emballer son cœur.

— Je vous promets de me démener pour que cette affaire termine bien. J'espère que vous le savez.

Elle s'arrêta et se tourna face à lui, puis, saisissant les pans de sa veste, elle l'embrassa passionnément.

— Cela veut-il dire que vous le croyez ? demanda-t-elle lorsque leurs lèvres se séparèrent.

Darlington semblait sérieux. Son regard était toujours un peu flou, cependant, et il cligna des paupières comme pour la voir clairement.

— Je pense que sa version est plausible. Mais je ne suis pas en mesure d'en juger.

— Et moi, me croyez-vous ?

Il pivota et les mena vers la porte du manoir.

— À votre avis ? demanda-t-il, esquivant sa question.

— Je pense que vous voulez me croire, mais que vous ne pouvez pas vous empêcher de douter.

Il lui adressa un sourire charmeur.

— Peu de choses vous échappent, n'est-ce pas ? Pouvez-vous me pardonner ces minuscules doutes ? Vous venez de m'empoisonner, après tout.

Avant qu'elle puisse répondre, ils entrèrent, et Darlington demanda au majordome de lui envoyer Westerfield, car il ne voulait pas pénétrer dans la salle de bal et parler à qui que ce soit d'autre. À l'arrivée de leur hôte, il résuma la situation.

— Comme vous le voyez, nous ne pouvons pas rester pour informer Mrs Hunt ou faire nos malles, nous devons partir immédiatement.

Westerfield le regarda d'un air hébété.

— Que vais-je bien pouvoir dire à Mrs Hunt ? demanda-t-il, comme accablé à l'idée de devoir affronter une femme éplorée.

— Lady Westerfield pourrait peut-être lui annoncer la nouvelle, suggéra Darlington. Elle a un talent certain pour les relations sociales.

— En effet, dit Westerfield, visiblement soulagé. Je vais lui parler d'abord, puis je demanderai à ce que l'on vous envoie vos affaires à Londres. Veuillez me tenir informé de l'issue de votre voyage.

— Au plus vite, Monsieur le Comte. Merci de votre aide.

Eliza et Darlington regagnèrent la calèche.

— Je préférerais m'asseoir à vos côtés, marmonna-t-il alors qu'ils approchaient. Même si je ne pourrais pas me montrer d'un grand réconfort. Mais tout de même, j'aimerais vous soutenir.

Il avait toujours un peu de mal à articuler, et elle fut prise de compassion à l'idée qu'il souffre toujours de l'empoisonnement. Il glissa une large main autour de sa taille pour la hisser dans la calèche, s'attardant légèrement, comme pour lui démontrer secrètement qu'ils partageaient quelque chose. Elle s'assit à côté de son père, comme l'exigeaient les convenances, et Darlington s'installa face à elle.

La calèche se mit brusquement en route, et les lanternes

se balancèrent. Personne ne prononçait le moindre mot, et l'atmosphère pensante semblait les priver d'oxygène. Le père d'Eliza fusillait Darlington et Jenners du regard. Jenners, quant à lui, avait l'air menaçant, les coudes appuyés sur ses genoux.

Eliza avait l'estomac noué. Son père pouvait-il être un traître ? Non. Elle le croyait, bien que le fait qu'il ait empoisonné Darlington ne prêtât que peu de crédit à sa version des faits. Elle regrettait de ne pas avoir un moment seule avec lui pour lui demander ce qui l'avait poussé à agir de la sorte. Et s'il avait tué son galant ? Mais Darlington semblait s'en être remis. Le poison l'avait seulement diminué temporairement. Son père avait dû maîtriser la dose. Tout de même, pourquoi un armateur de renom connaissait-il quoi que ce soit en matière de poisons ?

Elle serra les mains sur ses genoux. Et s'il était coupable ? Darlington avait promis d'intercéder en sa faveur. Serait-il exilé en Australie au lieu d'être pendu ? Serait-il torturé, à Londres ?

Elle jeta un regard à Darlington et vit qu'il l'observait. Son expression ne trahissait rien, mais elle se remémora ce qu'il lui avait dit avant de la hisser dans la calèche, et elle laissa son soutien muet l'épauler. Comme pour lui confirmer ses pensées, il esquissa un sourire.

CHAPITRE QUATRE

Jenners lui donna un violent coup de pied dans le tibia pour le réveiller. Le roulis de la calèche et les derniers effets du poison l'empêchaient de rester alerte durant ce long trajet. Eliza dormait déjà, l'épaule appuyée contre celle de son père. John était tellement fou d'elle qu'il avait envie de pousser le vieil homme pour prendre sa place. Il rêvait d'un avenir où Eliza serait sa femme, blottie contre lui afin qu'il puisse humer ses cheveux et sentir le bruissement de ses jupons contre lui durant chaque voyage.

Pour l'instant, il se contentait d'espérer que son père avait dit la vérité. L'aube approchait lorsqu'ils arrivèrent, et il ordonna à Smith de se rendre directement chez le juge, peu désireux d'inquiéter Eliza en conduisant Hunt au poste, comme un prisonnier. Smith s'arrêta acheter des petits pains chauds et du thé, et ils firent un triste pique-nique dans la calèche.

— Allez informer le Directeur Dinshaw de la situation, ordonna-t-il à Smith.

Par chance, le juge Enton était déjà à son bureau, et Smith les rejoignit avec leur directeur.

— Alors voyez-vous, Monsieur, j'ai uniquement empoisonné Darlington car je savais qu'il faisait partie des services secrets et que je ne voulais pas qu'un espion s'en mêle et risque de faire capoter ma mission, expliqua Hunt.

Le juge plissa les yeux.

— Lorsque je vous ai autorisé à acheter ces plans, je vous ai demandé de me tenir informé du point de rendez-vous et de la date, précisément pour communiquer cette information aux services secrets et laisser ces professionnels prendre l'affaire en main. Je ne souhaitais pas que vous poursuiviez seul, et encore moins que vous interfériez avec les projets de nos espions. Et avec du poison, en plus !

Les yeux de Hunt étaient révulsés par la colère.

— Cet homme, bafouilla-t-il en pointant Darlington du doigt, a fait mine de courtiser ma fille pour me soutirer des informations. Alors pardonnez-moi d'avoir interféré avec cette affaire, mais ses méthodes étaient douteuses, et révoltantes à mes yeux !

John se redressa sur sa chaise. Pour Eliza, il avait envie de déclarer son amour et son intention de l'épouser, mais compte tenu du fait que Dinshaw, son directeur, était assis à côté de lui, il ne pouvait pas admettre avoir eu des relations amoureuses en mission.

— Miss Hunt reste suspecte, comme les plans ont été retrouvés en sa possession, dit-il d'un ton raide, tentant de s'excuser auprès d'elle avec le regard.

Elle se raidit, le visage pâle, de gros cernes sous les yeux après cette nuit interminable.

— C'est absurde ! Pourquoi ma propre fille aurait-elle tenté de me vendre ces plans ?

Dinshaw lui jeta son regard sévère d'interrogateur.

— Interférer avec notre enquête est déjà très sérieux ; empoisonner l'un de mes agents est gravissime.

Pour la première fois, Hunt semblait secoué.

— Je n'avais pas l'intention de tuer votre espion, si c'est ce que vous sous-entendez. La dose était loin d'être létale.

Il se redressa et tourna le pouce vers sa poitrine.

— Je suis un patriote ! J'ai utilisé mes propres fonds pour acheter ces plans, et j'aurais appréhendé le traître, si ces hommes n'avaient pas tout fait capoter ! J'aurais peut-être même été fait chevalier !

Le juge leva les yeux au ciel et prit un air navré.

Dinshaw tourna un regard noir vers Hunt.

— La fin ne justifie pas les moyens, Mr Hunt.

— Directeur Dinshaw, je vous présente mes excuses pour le rôle que j'ai joué dans cette débâcle, dit le juge. J'aurais dû vous envoyer Mr Hunt immédiatement. Je vois que ma tentative de résoudre l'affaire a tout compliqué. Je me porte toutefois garant de lui, malgré l'erreur de jugement dont il s'est montré coupable en empoisonnant votre agent. J'ai en ma possession la lettre anonyme proposant de vendre des secrets d'État.

Enton envoya un secrétaire chercher la lettre, puis la donna à Dinshaw. Les espions se penchèrent tous sur le message pour le lire.

Cher Mr Hunt,

Je suis en possession de secrets inestimables : les plans de vaisseaux de guerre britanniques. Comme vous êtes l'un des armateurs les plus estimés du pays, je me suis dit que ces documents pourraient vous être utiles en vous permettant de mettre au point un vaisseau répondant à ces spécifications et ainsi remporter le contrat de fabrication. Je vous vendrai ces plans pour la somme de vingt-cinq mille livres.

Si vous êtes intéressé, je trouverai le point de rendez-vous adéquat.

Veuillez glisser votre réponse dans le lampadaire devant votre demeure.

Bien à vous,

Quelqu'un qui vous veut du bien.

— Vous avez donc apporté cette lettre au juge, qui vous a demandé d'y répondre ? questionna Dinshaw, qui, comme tout bon espion, ne laissait rien paraître.

— Oui. J'ai répondu que j'étais prêt à payer cette somme, et de me donner un jour, une heure et un lieu de rendez-vous.

Dinshaw le fusilla du regard.

— Je vois. Eh bien, j'attends de vous que vous nous aidiez à retrouver votre domestique disparue, Charlotte. Je veux toutes les informations que vous possédez à son sujet : références, antécédents, famille et amis.

Hunt hocha la tête, penaud.

— Je vais rassembler ces informations et vous les envoyer.

Dinshaw se leva et inclina la tête presque imperceptiblement. Jenners et John se levèrent à leur tour, s'inclinèrent et quittèrent la pièce sans commentaire. John tenta de transmettre un message à Eliza avec son dernier regard vers elle, et il pria pour qu'elle comprenne qu'elle comptait toujours pour lui.

Il passa le reste de cette journée et celle du lendemain au bureau, à coordonner des équipes afin de retrouver Charlotte, la domestique.

Le troisième jour, il enfila son plus beau costume et prit la calèche jusqu'à la résidence des Hunt, dans le quartier huppé de Belgravia. Il laissa sa carte au majordome, avec le nom qu'il utilisait depuis vingt ans, John Andrews, et demanda à voir Mr Hunt, puisqu'il aurait été malvenu de rendre visite à sa fille sans passer par lui.

— Veuillez me suivre, Mr Andrews, dit le majordome.

Ils passèrent devant le petit salon, où il aperçut Eliza, assise avec sa mère. Elle écarquilla les yeux, et il lui adressa un rapide clin d'œil avant de suivre le majordome jusqu'au bureau de Hunt.

Il savait que Hunt n'aurait pas reconnu le nom sur la carte, ce qui jouait en sa faveur, puisqu'il doutait que le patriarche voie sa visite d'un très bon œil.

— Vous, cracha Hunt, confirmant ses doutes.

— Oui, Monsieur. Je suis venu m'excuser pour les offenses que j'ai pu vous causer.

Hunt plissa les yeux.

— Permettez-vous que je m'assoie ?

L'homme grogna et hocha la tête avec réticence.

John s'enfonça dans le fauteuil qui faisait face au bureau.

— Je sais que vous croyez que je me suis joué des sentiments de votre fille, mais je vous assure que mes intentions étaient pures. Nous avons noué une amitié sincère chez les Westerfield, et je suis venu vous demander la permission de lui faire officiellement la cour.

Hunt eut un rictus.

— Lui faire la cour ? Et pourquoi autoriserais-je donc ma fille à épouser un espion ?

— Mes revenus annuels sont corrects, et je suis pressenti pour succéder au directeur. Une fois mariés, les espions effectuent des missions moins risquées, et s'il m'arrivait quelque chose sur le terrain, votre fille recevrait une pension.

— Quels sont vos revenus, exactement ?

— Le double du salaire d'un agent de police. Et je suis propriétaire de mon appartement à Londres.

— Pourquoi vous intéressez-vous à ma fille ?

Il cilla, car il pensait avoir été clair à ce sujet.

— Je veux l'épouser, Monsieur.

— Je sais, mais pourquoi ?

Il serra les dents, car il n'aimait pas ce que cette question sous-entendait.

— Parce que je l'aime, affirma John, plantant son regard dans celui de son aîné comme pour le défier de le contredire.

Hunt le dévisagea longuement en silence.

— Je suis navré, répondit-il enfin. Ma fille a de bien meilleures perspectives que vous. Des aristocrates qui pourront maintenir le train de vie auquel elle est habituée. Bonne journée à vous, Andrews.

Hunt se leva, indiquant que la discussion était close. Andrew l'imita, mais resta planté devant lui.

— Réfléchissez. J'aime votre fille et je consacrerais ma vie à son bonh…

— Non. Ma décision est prise. Ne revenez plus.

John déglutit, l'estomac serré par une sensation nauséeuse. Après s'être incliné machinalement, il quitta le bureau, voyant à peine la maison qu'il traversa jusqu'à la rue. Il ne perdait pas espoir. Eliza deviendrait sienne. Il ne baisserait pas les bras si facilement ; sa principale préoccupation était le chagrin d'Eliza et ce que son père risquait de lui dire.

Il décida de rentrer à pied, renvoyant la calèche, et il réfléchit à la marche à suivre. Hunt ne le trouvait pas digne de sa fille. Il pouvait comprendre ses hésitations.

Des aristocrates capables de maintenir son train de vie…

Il ressentit un malaise tandis qu'il retournait cet argument dans son esprit. Toute l'après-midi, il erra dans les rues de Londres, tentant de trouver une solution. Enfin, comme il n'avait pas de meilleure idée, il se rendit chez son avocat.

L'heure était venue d'affronter son passé.

— Je souhaite revendiquer le titre de mon père, lui dit-il.

~

— Que s'est-il passé avec Lord Darlington ? demanda-t-elle à son père d'une voix qu'elle ne parvint pas à garder nonchalante.

— John Andrews, vous voulez dire ? rétorqua-t-il d'un ton moqueur en lui jetant sa carte.

— Oh. Est-ce son véritable nom ? Oui, Mr Andrews, alors.

— Cela ne vous regarde pas.

Sa mère et elle le regardèrent s'éloigner. Eliza se leva en triturant son collier.

— Eh bien, pourquoi est-il venu ?

Son père lui jeta un regard par-dessus son épaule et cessa de faire mine que cela ne la concernait pas.

— Je n'approuve pas, Eliza. Je lui ai dit de ne pas revenir.

— Je vous demande pardon ? dit-elle d'une voix éraillée en vacillant sur ses pieds.

Sa mère la retint par le bras.

— Je suis désolé, ma chérie. Je ne lui fais pas confiance et j'estime qu'il ne veut pas votre bien. Il ne s'agit pas non plus de votre prétendant le plus adéquat.

— Vous n'êtes pas sérieux ! J'espère que vous ne songez pas à Lord Auburn ? Je ne l'épouserai pas, Père ! Je m'y refuse. Darlington… pardon, Andrews…

Son père agita la main.

— Vous voyez ? Vous ne connaissiez même pas son véritable nom ! Si vous croyez être amoureuse, c'est d'un homme qui n'existe pas, un comte factice.

— Ce n'est pas vrai ! s'exclama-t-elle, les larmes aux yeux.

Je savais depuis le début qu'il n'était pas ce qu'il prétendait être. Il me l'a avoué avant même de commencer à me courtiser. Père, qu'avez-vous à lui reprocher ?

— Il est malhonnête !

— Il s'agit d'un espion, que vous avez rencontré alors qu'il était en mission ! Bien sûr qu'il était malhonnête ! Vous ne pouvez pas lui en tenir rigueur.

— Peut-être, mais nous savons désormais qu'il s'agit d'un menteur hors pair, alors comment pouvons-nous juger de son caractère ?

— Préférez-vous me voir partir avec Auburn, qui n'a cure de moi et court seulement après votre fortune ? Le choisiriez-vous plutôt qu'un homme qui m'aime sincèrement ?

— Je pense qu'Andrews aussi en a après votre héritage, Eliza, rétorqua son père, d'une voix pleine de regrets comme s'il lui annonçait une terrible nouvelle.

Le cœur d'Eliza se serra.

— Ce n'est pas vrai.

— J'estime simplement que vous pouvez faire mieux, coupa son père avant qu'elle puisse retrouver la force de s'emporter contre lui.

— Faire mieux ? répéta-t-elle d'un ton monocorde. Regardez mon visage, Père. Quatre saisons, et j'ai à peine été invitée à danser. Personne n'est jamais venu me rendre visite.

— Raison de plus pour ne pas vous jeter dans les bras du premier homme qui fait mine de vous aimer !

— Mine de m'aimer ?

Ses larmes se mirent à couler pour de bon.

— Cela suffit, Thomas ! intervint sa mère, qui semblait elle aussi au bord des larmes.

— Écoutez, je voulais simplement dire que vous ne devez pas vous sous-estimer simplement à cause de votre tache de naissance. Elle ne vous empêche pas de vous marier, comme le prouvent les attentions d'Auburn et d'Andrews. D'autres hommes se manifesteront ; des hommes plus convenables.

— Non, sanglota-t-elle. Ce n'est pas vrai. Et si d'autres hommes se manifestent, je n'en voudrai pas.

— C'est ce que vous dites maintenant. Mais cela viendra, tenta de l'apaiser son père.

— Non. Je ne vous le pardonnerai jamais !

Elle se rua hors du petit salon et monta dans sa chambre, où elle se jeta sur son lit, en pleurs. Sa mère la suivit et s'assit à ses côtés pour lui tapoter l'épaule.

— Je vous en prie, Mère, laissez-moi, gémit-elle. Si vous voulez m'aider, convainquez-le de se raviser. Sauf si vous êtes du même avis ?

— Je ne sais pas, Eliza. Il a raison quand il dit que nous ne savons presque rien de cet homme. Mais non, je ne pense pas pour autant qu'il faille le rayer de la liste, surtout si vous y êtes si attachée.

— Vous parlerez à Père ?

Sa mère l'embrassa sur la tempe.

— Je ferai de mon mieux, murmura-t-elle avant de quitter la pièce.

Eliza passa les jours suivants d'une humeur massacrante. Lorsqu'une invitation à rendre visite à Lady Westerfield dans sa propriété de Londres arriva, sa mère insista pour qu'elles s'y rendent. A la grande surprise d'Eliza, Kitty n'avait invité personne d'autre, et elle put oublier sa timidité et savourer la conversation fluide de leur hôtesse.

Lorsqu'elles se levèrent pour prendre congé, Kitty lui glissa discrètement une enveloppe dans la main. Eliza étouffa une exclamation et cacha la lettre. Darlington… non, Andrews, aurait été fier de ses talents de dissimulatrice. Son cœur s'emballa. La lettre pouvait-elle venir de lui ?

Lors du trajet en calèche, elle avait du mal à respirer, et répondait évasivement aux bavardages de sa mère. Dès qu'elles furent de retour chez elles, Eliza se précipita dans sa chambre et ouvrit la lettre, les doigts tremblants. Elle commença par lire la signature.

–John Andrews (Darlington !)

Son cœur rata un battement. Elle reprit la lettre depuis le début.

Ma très chère Eliza,

Je pense que vous avez désormais appris que votre père a refusé que je vous rende visite. Je veux que vous sachiez que j'ai un plan pour lui (et vous) prouver ma valeur. Je vous conjure d'être patiente, et j'espère que vous m'attendrez, car je suis à vous.

Avec toute mon affection, John Andrews (Darlington !)

Elle serra la missive contre sa poitrine, des larmes de joie plein les yeux. Elle n'avait jamais perdu espoir, et son soulagement en constatant que John ne l'avait pas oubliée non plus la faisait pleurer. Elle s'allongea sur son lit, glissa la lettre sous son oreiller et s'imagina ce que cela ferait, d'être l'épouse de John Andrews.

Il la fesserait.

Elle se remémora toutes les corrections qu'il lui avait déjà données, dont la dernière, qui avait été suivie d'un plaisir des plus mémorables. Kitty Westerfield avait-elle sous-entendu que son mari lui faisait une telle chose après l'avoir punie ?

Le corps d'Eliza sembla fondre, et une chaleur enflamma son centre. Elle souleva ses jupons, glissa la main dans la fente de ses dessous, et trouva son sexe.

Comme s'il l'avait attendue, il se transforma sous ses caresses, devenant plus gonflé et mouillé à mesure qu'elle glissait les doigts sur son entrée. Son pouls s'emballa lorsqu'elle se souvint de la façon dont ceux d'Andrews l'avaient pénétrée. Oserait-elle se faire la même chose ? Elle glissa l'index en elle, puis le retira avant de s'enfoncer trop profondément et caressa l'entrée de son fourreau.

Excitée par cette sensation, elle taquina le petit bouton de rose, glissant dessus et tout autour en s'imaginant sur les genoux de John, ses doigts enfouis en elle. Elle étouffa un gémissement et se tortilla contre sa propre main jusqu'à ce que tous ses doigts se crispent sur son pubis, les jambes croisées, ondulant jusqu'à atteindre l'extase.

Haletante, elle roula sur le ventre et s'endormit.

Sans savoir comment, elle parvint à survivre au dîner avec sa famille. À présent que John – l'appeler ainsi lui faisait toujours drôle – lui avait confirmé ses sentiments, elle n'y tenait plus. Sa lettre l'avait conjurée d'être patiente, mais cette lecture lui avait donné désespérément envie de le revoir, de quitter la maison de ses parents et de s'installer chez lui, à sa place.

Le lendemain matin, elle annonça à sa mère vouloir rendre visite à Lady Westerfield, seule.

Sa mère la regarda d'un air inquiet.

— Très bien, ma chérie. Si vous avez besoin de parler à votre amie seule à seule, j'accepte.

— Merci, Mère, dit Eliza avec une révérence. Je risque d'être absente toute la journée. Ne vous inquiétez pas pour moi.

Elle l'embrassa sur la joue, puis s'en alla, abandonnant toutes ses affaires pour s'enfuir avec l'homme qu'elle aimait.

~

— Mr Andrews, le salua sa gouvernante d'un ton empressé sur le seuil. Une jeune femme est venue vous voir ;

Miss Hunt. Elle a passé toute la journée ici, cela fait des heures qu'elle attend !

— Merci, Mrs Fletcher.

Il passa devant sa gouvernante au comble de l'agitation pour se rendre dans son petit salon, de plus en plus inquiet.

— Eliza ? Que faites-vous ici ?

Elle bondit sur ses pieds, l'air nerveux. Elle portait une robe couleur lavande toute simple, mais avec un décolleté qui soulignait tant ses seins hauts qu'il dut se forcer à la regarder dans les yeux.

— J'ai… j'ai reçu votre lettre. Je suis incapable d'attendre que mon père se ravise.

Il grogna intérieurement et traversa la pièce de quelques pas rapides.

— Eliza, vous le devez, dit-il en la prenant par le bras. Désirez-vous causer un scandale ? Être déshéritée par vos parents ? Certainement pas.

Le rose lui monta aux joues, et elle affirma d'un air insolent :

— Je m'en fiche. Pas vous ?

— Non, Eliza, répondit-il, exaspéré. Je souhaite obtenir votre main de façon honorable, pas vous enlever de chez vous et vous épouser en cachette comme un vaurien.

— Je crois que vous êtes peut-être un vaurien, tout compte fait, cracha-t-elle, les lèvres tremblantes. Mon père avait raison à votre sujet. Vous ne vous intéressez pas à moi… mais à sa fortune !

Il la lâcha et recula, stupéfait.

— Je vous demande pardon ? Le croyez-vous vraiment ?

Elle cilla.

— Vous refusez de m'épouser sans la bénédiction de mon père…

Elle laissa sa phrase en suspens, peut-être à cause de son air sinistre. Il prit plusieurs inspirations pour se calmer et sa raison prit le pas sur son outrage. Eliza n'avait pas confiance en elle. Il était compréhensible qu'elle doute de ses intentions, surtout si elle subissait l'influence de ses parents.

— Je vous épouserai, Eliza, affirma-t-il. Je ne renoncerai pas avant que vous deveniez mienne, je vous le promets. Et si besoin est, je le ferai sans l'accord de votre père, mais je préfère éviter un scandale ou une brouille avec votre famille. Je vous ai demandé de vous montrer patiente pendant que je préparais un plan afin de gagner l'approbation de votre père, n'est-ce pas ?

Il vit Eliza revenir à la raison et prendre une expression honteuse.

— En effet, Monsieur.

Son ton contrit le submergea d'une vague de chaleur et il se rappela que quand elle serait sa femme, il pourrait la corriger à loisir.

— Il me semble vous avoir promis de vous fouetter la prochaine fois que vous vous dénigreriez, dit-il d'une voix veloutée.

Les pupilles d'Eliza se dilatèrent au lieu de s'étrécir, ce qui, il le savait grâce à sa profession, dénotait le désir, pas la peur. Les flammes de l'excitation léchèrent ses entrailles. Il lui tendit la main.

— Venez, Eliza. Vous avez mérité une fessée.

Elle hésita un quart de seconde, puis plaça sa petite main gantée dans la sienne, l'autorisant à l'escorter dans l'escalier, jusqu'à sa chambre. Ce n'était pas convenable. Sa gouvernante allait croire qu'il avait pris une maîtresse. Mais le jeu en valait la chandelle.

— Ôtez vos dessous, Eliza, ordonna-t-il avant de fermer la porte.

Il se dirigea vers la coiffeuse pour prendre son cuir à rasoir et lui faire la politesse de lui tourner le dos pendant qu'elle obéissait. Lorsqu'il se retourna vers elle, ses dessous étaient abandonnés à ses pieds.

— Gentille fille.

Il s'assit au bord du lit et se tapa sur les cuisses.

— Venez.

Elle regarda John, puis la lanière de cuir.

— Êtes-vous en colère contre moi ? s'enquit-elle d'une voix étranglée.

Il pencha la tête de côté, songeur.

— Non. Je suis agacé que vous ne me fassiez pas confiance, et je suis bien décidé à vous donner une leçon.

— Monsieur, il me semble que vous aimez me fesser, dit-elle en l'observant avec son regard intelligent.

Il fut surpris de constater que cette accusation ne lui inspirait aucune honte, bien qu'il eût passé toute sa vie à craindre ses envies de punir les jeunes femmes. Étonnamment, avec Eliza, cela ne lui semblait pas malsain. Le fait que cela l'excite le déculpabilisait, et son obéissance lui prouvait qu'elle était consentante.

— C'est bien possible, Eliza, répondit-il avec un petit sourire. Alors je vous conseille d'obéir à votre époux, sans quoi vous passerez un long moment sur ses genoux.

Il vit l'ardeur dans ses yeux et la mit en garde :

— Ce n'est pas parce que j'y prends plaisir que cela vous plaira aussi. Vous avez été très vilaine, aujourd'hui, et j'ai l'intention de vous le faire regretter.

Elle fit un pas en arrière, visiblement en proie au doute, et il fondit sur elle pour la soulever par la taille et l'allonger sur ses genoux. Il souleva sa robe et ses jupons et retint son souffle en admirant ses fesses nues. Jamais dans toute l'histoire de l'humanité il n'avait existé de pareille beauté. Pâles et rebondies, ses deux petites lunes ne demandaient qu'à être punies. Il abattit le cuir à rasoir sur sa chair, lui arrachant un cri de douleur.

— Je vous avais demandé d'être patiente, n'est-ce pas ? demanda-t-il en faisant de nouveau claquer le cuir en travers de ses fesses.

Elle poussa une simple plainte.

— Répondez-moi !

— Oui, Monsieur !

Le son de sa respiration étranglée lui rappela de dénouer son corset. Il déboutonna l'arrière de sa robe et tira sur les lacets.

— Je vous avais demandé de m'attendre, dit-il en maniant de nouveau la lanière.

— Oui, Monsieur !

— Ne vous avais-je pas dit que j'avais un plan ?

Elle tenta de rouler sur le côté, l'obligeant à passer un bras autour de sa taille afin de la maintenir pendant qu'il lui donnait plusieurs coups dans un rythme effréné.

— Nooooon ! gémit-elle.

— Mais si.

Le cuir laissa de nouvelles marques rouges sur sa peau laiteuse.

— Si ! se corrigea-t-elle. Je voulais dire, non, plus de coups !

Il sourit, car il avait parfaitement compris ce qu'elle avait voulu dire.

— Vous m'avez donc désobéi, n'est-ce pas ?

— Oui, Monsieur. Je suis navrée !

— Merci, dit-il sans cesser de fouetter ses fesses tremblantes. Et que vous ai-je dit lorsque je vous ai fessée dans la bibliothèque des Westerfield ?

— Vous avez dit que vous m'apprendriez à ne pas me dénigrer.

— Exactement. Et avez-vous fait preuve de confiance en vous aujourd'hui ?

— Je vous en prie, Darlington ! Andrews ! John ! bafouilla-t-elle.

— Alors ? insista-t-il sans prêter attention à ses implorations.

— Non, Monsieur !

— Non. Car sinon, vous auriez cru que je vous aimais pour vous, pas pour la fortune de votre père.

— Je vous en prie ! dit-elle avec un petit sanglot. Je n'en douterai plus jamais ! Pitié !

Il s'arrêta, la détresse sincère dans sa voix le rendant incapable de poursuivre. Il laissa tomber la lanière de cuir et massa les fesses châtiées, dont la chaleur irradia jusqu'à sa paume. Sa peur d'être allé trop loin fut soulagée lorsqu'elle pressa ses globes jumeaux contre sa main.

— Eliza, dit-il d'une voix rauque. Quand vous avez été vilaine, je vous donnerai parfois une autre sorte de punition.

Elle ne répondit pas, mais leva la tête de l'oreiller pour regarder par-dessus son épaule.

— Levez-vous, ma chérie, dit-il tout en l'aidant à se mettre debout. Penchez-vous sur le lit, là.

Les yeux brillants, elle se redressa, et sa robe et son corset ouverts tombèrent à ses pieds comme une offrande. Elle alla se mettre en position d'un pas vacillant, son buste couché sur le matelas.

Il admira son corps nu, la courbe sensuelle de son dos rendant ses fesses encore plus attrayantes. Il massa sa peau rougie, ravalant le grognement qui montait dans sa gorge. Il glissa les doigts entre ses jambes, et le nectar d'Eliza le mena droit vers son entrée, où il taquina son bouton de rose.

Elle gémit, se balança d'un pied sur l'autre, remua les fesses. Il perçut un tremblement dans ses jambes, et il s'agenouilla, saisissant chacune de ses cuisses pour les écarter. Sa langue trouva sa petite fente, et il fut excité par son goût acidulé. Lorsque les cris d'Eliza prirent une note désespérée, il se leva, ouvrit son pantalon et libéra son membre. Il appliqua une quantité généreuse de salive sur sa paume et en enduisit son gland, avant d'écarter les fesses d'Eliza et de se presser contre son entrée de derrière.

— Je veux préserver votre virginité pour notre nuit de noces, murmura-t-il lorsqu'elle sursauta. De plus, vous vous êtes mal comportée, ce qui signifie que je dois vous prendre par-derrière.

— Oooh, gémit-elle.

Il glissa une main devant elle pour saisir son pubis et inséra un doigt dans son fourreau serré tandis qu'il s'enfonçait derrière elle.

Elle poussa un petit cri, mais son sexe se contracta, l'encourageant à poursuivre.

~

Elle n'avait encore jamais éprouvé un tel mélange de désir pur et d'intensité. La sensation de la virilité de John qui l'emplissait la rendait impatiente d'atteindre l'extase.

— Je vous en prie !

Elle s'agrippa à la courtepointe, agita la tête et poussa une plainte aiguë. Il allait et venait en elle, trop imposant pour que cela soit confortable, et pourtant, cette sensation lui faisait perdre la tête.

— Je vous en prie, répéta-t-elle, sans savoir ce qu'elle lui demandait.

— Oui, ma douce Eliza. Lorsque vous êtes punie, vous devez me prendre en vous.

— Oui ! haleta-t-elle.

Elle ne souhaitait rien de plus que d'être punie par cet homme chaque seconde du restant de ses jours. Les assauts de la lanière de cuir et ses coups de reins dominateurs chassaient ses derniers doutes, comme s'il parvenait à expurger les idées fausses qui les avaient causés.

Avec un grondement victorieux, il s'enfonça profondément en elle et resta immobile tout en pénétrant son sexe avec ses doigts, caressant sa paroi interne jusqu'à la projeter dans l'extase. Elle se contracta sur ses doigts dans une exclamation incohérente. Lorsqu'il se retira et s'éloigna, elle le remarqua à peine. Il revint avec un gant humide dont il se servit pour la nettoyer. Elle resta inerte sur le lit, à peine capable de bouger ses membres lourds, tant la jouissance l'avait détendue.

Il l'aida à se lever, et elle resta hébétée tandis qu'il l'habillait comme une poupée. Elle avait l'impression de lui appartenir pleinement. Les doutes qu'elle avait eus quant à leur avenir avaient brûlé dans les flammes de la passion possessive de John.

— Je vous aime, Eliza, murmura-t-il.

Il étreignit son corps tout mou et l'embrassa sur la bouche. Elle lui rendit son baiser, et, quand ils se séparèrent, elle leva les yeux vers lui, rayonnant dans la chaleur de son affection.

— Ma chérie, dit-il en lui donnant un baiser sur le front. Venez, j'ai quelque chose à vous montrer.

Il la prit par la main et la traîna doucement vers la porte.

Elle le suivit avec docilité, toujours étourdie après leurs ébats. Il lui fit descendre l'escalier et la mena dans la bibliothèque, où il sortit ce qui ressemblait à une bible familiale en cuir. Il l'ouvrit et la lui tendit.

Elle retint son souffle en lisant la dernière ligne. *Andrew Darlington, fils de John Darlington, Comte de Stenwick, et de Jane Aster Darlington.* Elle leva des yeux interrogateurs.

Il hocha la tête.

— C'est moi.

Elle attendit qu'il s'explique.

Il la mena à une chaise, où il s'assit avant de l'installer sur ses genoux.

— Mon père était un homme abominable. Enfin, quand il était sobre, il était correct, mais la plupart du temps, il était ivre. L'alcool le rendait mauvais ; violent. Il battait ma mère à coups de poing. La première fois qu'il s'en est pris à moi de la même manière, au lieu de me corriger avec sa ceinture, ma mère a fait nos bagages, et nous nous sommes enfuis. Nous nous sommes cachés de lui, et, une fois à Londres, nous n'avons même pas logé au sein de notre famille. Une amie aisée de ma mère, rencontrée au pensionnat de jeunes filles, nous a recueillis, et nous avons pris le nom de Johnson. Nos bienfaiteurs ont mis leur fortune à contribution pour que je devienne officier dans la marine à l'âge adulte, puis je suis entré aux services secrets et j'ai pris le nom de John Andrews.

— Merci de vous confier à moi, dit-elle en se retournant sur ses genoux pour lui caresser la joue.

Il posa la main sur la sienne.

— Mon père est mort il y a huit ans, mais je n'avais pas l'intention de revendiquer son titre ou son nom. Je ne voulais plus aucun lien avec lui.

— Je comprends.

Il secoua légèrement la tête comme pour chasser des idées noires.

— Pour vous, je le ferai. Vous méritez d'appartenir à la haute société. Et vous méritez un époux capable d'affronter ses démons.

— La haute société ? répéta-t-elle, offensée. Je n'ai cure de la haute société. Je ne veux que vous. Ma venue ici aujourd'hui devrait vous le prouver.

— Je sais, ma chérie, dit-il d'une voix apaisante. Je sais. Mais votre père veut mieux qu'un espion pour gendre, et je veux que notre union ait sa bénédiction. J'ai entamé des démarches pour endosser le titre de mon père. Dès que cela sera acté, je demanderai de nouveau votre main à votre père. Voilà mon plan.

Les yeux d'Eliza s'embuèrent. Elle était sans voix. Elle aurait voulu lui dire qu'il n'avait pas besoin de faire cela pour elle, et pourtant, elle estimait que le titre de comte lui revenait de droit, surtout après son parcours semé d'embûches.

Il l'embrassa sur le front.

— Venez, ma chérie. Je vous reconduis chez vous avant qu'un scandale éclate.

Elle se leva.

— Et s'ils savent déjà où j'étais ?

— Nous les affronterons ensemble. Si le mal est fait, alors ainsi soit-il. Je vous épouserai immédiatement, sans leur consentement. Mais nous devons d'abord tenter de rattraper la situation.

Il sembla soudain alarmé, comme frappé par une idée.

— Votre père vous punirait-il ?

Elle pinça les lèvres.

— Pourquoi cette question ? Craignez-vous qu'il s'aperçoive que vous l'avez précédé ?

— Je ne vous reconduirai pas chez vous s'il risque de vous fouetter, dit-il, bandant les muscles comme s'il était prêt à se battre.

— Vous auriez donc le droit de me fouetter, mais pas mon père ?

— Vous punira-t-il, oui ou non ? insista-t-il, de plus en plus agité.

— Non, répondit-elle, car hormis une gifle, son père ne lui avait jamais infligé de châtiments corporels.

John… non, Andrew, se détendit.

— Pourquoi avez-vous le droit de me fouetter, vous ?

Il lui adressa un sourire ironique.

— Je suis le seul à pouvoir vous punir. L'idée qu'un autre puisse lever la main sur vous m'inspire de la colère.

Une chaleur emplit la poitrine d'Eliza, mais elle leva les yeux au ciel.

— Vous manquez de logique.

— Je sais, admit-il avec un sourire penaud. Mais cela ne semble pas vous déranger outre mesure.

Il se leva et la mena dans la rue, où il héla une calèche, et ils se mirent en route pour chez elle.

Ils pénétrèrent dans l'entrée à l'instant même où sa mère se préparait à sortir.

— Eliza, où étiez-vous pa… Oh ! Oh, non. Oh, Seigneur. Vous êtes-vous mariée ?

CHAPITRE CINQ

Le père d'Eliza émergea derrière sa mère.

— Que se passe-t-il donc ?

— Nous ne nous sommes pas mariés, dit Andrew avec un calme exagéré. Puis-je vous parler en privé ?

— Eliza, que se passe…

— En privé, répéta-t-il avec fermeté.

Le visage de Hunt s'empourpra, ses yeux s'exorbitèrent, mais il indiqua la porte d'un signe de tête et le mena dans le petit salon, où ils s'assirent tous les deux.

— Mr Hunt, comme vous l'avez peut-être compris après les événements de la journée, Eliza est prête à m'épouser sans votre consentement. Je ne souhaite pas qu'elle mette en péril sa relation avec vous, mais nous sommes déterminés à nous marier. J'avais l'intention d'attendre d'avoir mis de l'ordre dans mes affaires avant de revenir vous voir, mais je veux que vous sachiez que je suis l'héritier légal du titre Darlington, que j'avais choisi de ne pas endosser après la mort de mon père. J'ai entamé une procédure pour réclamer mon héritage afin d'offrir à votre fille le prestige que vous désirez pour elle.

Hunt le dévisagea, les yeux plissés.

— Vous êtes réellement Lord Darlington ?

— Je le serai bientôt.

— Et votre poste aux services secrets ?

— J'y renoncerai afin de me consacrer à la gestion du patrimoine de mon père, à moins que les revenus ne soient pas suffisants. J'ignore l'état de ses affaires, et mon père et moi ne sommes plus en contact depuis que je suis enfant.

Hunt joignit les mains et poussa un soupir.

— Je vois. Eh bien, Darlington, je demanderai à mon avocat de se renseigner sur votre titre et sur l'état de votre patrimoine.

Il attendit la suite, mais Hunt ajouta :

— Je n'ai pas encore changé d'avis.

Andrew hocha la tête.

— Je vous remercie de votre considération…

Un hurlement à glacer le sang les interrompit.

— Eliza ! s'écria-t-il.

Il bondit sur ses pieds et quitta la pièce en trombe. Son cœur tambourinait à l'idée que sa chère et tendre soit en danger.

— Eliza !

Il traversa le couloir à la hâte en direction du cri.

— Ici, dit-elle d'une voix éraillée en sortant du bureau de son père, le visage livide, l'expression horrifiée.

— Oh, Dieu merci, dit Andrew en la voyant indemne.

Elle semblait incapable de parler, mais elle pointa le doigt sur la porte ouverte. Il entra dans la pièce et examina la scène, tous ses sens en alerte au cas où le danger rôderait.

Charlotte, la femme de chambre disparue d'Eliza, était morte sur le sol, la gorge tranchée, et une flaque de sang imbibait le tapis autour de sa tête. Il attendit, retenant son souffle pour percevoir le son le plus discret, mais il n'entendait rien.

Eliza et ses parents s'agglutinèrent derrière lui, un groupe de domestiques sur les talons. Sans se soucier des convenances ou de l'opinion des personnes présentes, il enlaça Eliza, qui tremblait comme une feuille, pour la réconforter.

— Ne regardez plus, ma chérie.

Elle se blottit contre lui de tout son poids, et il la soutint, craignant qu'elle perde connaissance.

— Vous êtes en sécurité, murmura-t-il. Je ne laisserai rien vous arriver. Je suis là.

— Est-ce… Lottie ?

— Oui, ma chérie.

Hunt les poussa pour pénétrer dans le bureau.

— N'entrez pas, ordonna Andrew. Rien ne doit être touché ou déplacé avant que j'aie examiné la scène.

Étonnamment, Hunt obéit.

— Que s'est-il passé ici, à votre avis ? demanda-t-il, manifestement aussi secoué que sa fille.

Sans lâcher Eliza, Andrew alla fermer la porte pour les couper de cette terrible scène.

— Hunt, pouvez-vous envoyer un domestique au siège des services secrets pour leur demander d'envoyer des hommes immédiatement ?

— J'y vais, Monsieur ! lança un valet.

— Merci, Jones, dit Hunt.

Le jeune homme descendit les marches quatre à quatre.

— J'aimerais que le reste du personnel et les membres de la famille se retrouvent dans la salle à manger, indiqua Andrew. Je dois parler à tous ceux qui vivent ou travaillent ici.

Hunt s'en remit de nouveau à son autorité et lança aux domestiques :

— Vous l'avez entendu, tout le monde descend dans la salle à manger. Tout le monde, s'il vous plaît.

Andrew lâcha Eliza à contrecœur et pressa sa main dans un geste rassurant.

— Un doigt de brandy pourrait les aider à se remettre de la scène, dit-il à Hunt en jetant un regard appuyé aux dames.

Le patriarche comprit et offrit un bras à sa femme et à sa fille pour les mener au rez-de-chaussée.

— Je vais inspecter la demeure, même si à mon avis, l'intrus est parti.

Sauf s'il s'agissait d'un membre de la maisonnée.

Il chercha des cachettes potentielles sur les lieux du crime, puis parcourut les autres pièces de la maison, mais il resta bredouille.

Jenners, Smith et un troisième homme arrivèrent.

— Que s'est-il passé ? demanda aussitôt Jenners.

— La femme de chambre est réapparue dans le bureau de Hunt, la gorge tranchée.

Smith siffla.

— Pensez-vous qu'elle cherchait les plans ?

Andrew haussa les épaules.

— C'est possible. À moins que celui qui lui avait fourni ces plans l'ait convaincue de le guider à l'intérieur, avant de la tuer et de se mettre en quête d'argent ou de documents.

— Pourquoi la tuer ? demanda Smith.

— L'assassin croyait peut-être qu'elle l'avait trahi ? suggéra Jenners.

— Oui, peut-être. Bartlett, fouillez la maison en commençant par le bureau. Jenners et Smith, veuillez interroger les membres de la maisonnée. Je vais examiner le bureau, puis je vous rejoindrai.

Il fit le tour du corps puis alla derrière le bureau. Il s'agenouilla et inspecta le loquet, qui semblait cassé.

— Bartlett, veuillez m'envoyer Hunt.

— Bien, Monsieur, dit l'espion agenouillé auprès du corps avant de se lever. Pas trace d'une arme.

Andrew hocha la tête.

Hunt revint, troublé en voyant le corps étendu sur le sol de son bureau.

— Ce loquet était-il cassé avant, Mr Hunt ?

— Non.

Les traits durs, l'homme vint le rejoindre derrière le bureau.

— Que conservez-vous à l'intérieur ?

Hunt hocha la tête, comme s'il était arrivé à la même conclusion que lui.

— Des plans. Pour les navires.

— Je vous en prie, ouvre-le, et dites-moi s'il manque quelque chose.

Hunt s'assit dans son fauteuil et passa en revue le contenu du tiroir.

— Un dossier intitulé *Plans pour le Gouvernement* a disparu, mais il ne contenait pas de plans de guerre. Ceux-là, je les garde ailleurs.

— Quel type de plans se trouvaient dans le dossier disparu ?

Hunt secoua la tête.

— Rien d'important. Quelques notes et des plans au stade embryonnaire, des lettres entre le commandant de la marine et moi, rien de trop précieux.

— Merci, Monsieur. Pourriez-vous demander à vos plus fidèles serviteurs, la gouvernante et le majordome, peut-être, de parcourir la maison afin de relever tout autre objet ayant disparu ?

Hunt hocha la tête et disparut.

Andrew alla rejoindre ses hommes, qui continuaient d'interroger les domestiques au sujet de Charlotte et des événements de la journée. Ils apprirent peu de choses. Personne n'avait vu Charlotte pénétrer dans la maison, et personne n'avait d'anecdote particulière sur la période où elle avait vécu parmi eux. Il s'agissait visiblement d'une jeune femme réservée.

Quand l'horloge indiqua minuit, il alla chercher Hunt. Toute la famille se trouvait dans la bibliothèque.

— Nous avons terminé, Monsieur. Mes hommes ont emporté le corps, et vos domestiques peuvent nettoyer le bureau.

Il jeta un regard compatissant à Eliza. Elle risquait de faire des cauchemars, après ce qu'elle avait vu. Que lui serait-il arrivé si elle avait surpris les intrus en flagrant délit ? Il sentit son cœur se serrer à l'idée qu'elle ait pu courir un tel danger.

— Je vais rester dans la maison pour m'assurer que vous soyez en sécurité, déclara-t-il. Comme le tueur s'est emparé des mauvais documents, il risque de revenir réparer son erreur.

— Est-ce la procédure habituelle ? demanda Hunt d'un ton moqueur.

— Cela se justifie.

— Je serais rassurée de vous savoir ici, intervint Mrs Hunt avant que son mari puisse rétorquer quoi que ce soit. Je vous remercie de prendre soin de nous.

— Moi aussi, renchérit Eliza en se levant avec sa mère pour lui faire une révérence des plus charmantes.

Il s'inclina.

Mrs Hunt chercha des yeux l'approbation de son époux, bien qu'il eût laissé peu de doutes quant à son opinion.

— Bon, très bien, concéda-t-il. Je vais vous faire préparer une chambre.

— Je n'en ai pas besoin. Je ne compte pas dormir.

— Je vois. Mais si vous en profitez pour…

— Mr Hunt, le coupa sa femme d'un ton pincé. Je suis certaine que les intentions de Lord Darlington sont honorables.

— Ce n'est pas encore Lord Darlington, grommela Hunt.

~

Aussi surprenant que cela puisse paraître, elle se coucha avec l'impression d'être en sécurité. Andrew la protégerait, cette nuit-là et jusqu'à la fin de ses jours. La punition qu'il lui avait infligée semblait remonter à plusieurs jours, plutôt qu'à plusieurs heures, et elle constata avec déception qu'elle n'en conservait que peu de marques et de douleur.

Elle avait besoin de lui. Elle le sentait au plus profond de son être. Il lui donnait de l'assurance dans un monde auquel elle ne s'était jamais sentie appartenir. Avec lui, elle n'était pas défigurée, ne manquait pas de grâce. Avec lui, elle se sentait désirable, jolie, pleine d'esprit, futée. Et il la corrigerait dès qu'elle quitterait le cocon de félicité qu'il avait conçu pour elle.

Elle frémit en se remémorant sa punition. Juste après, elle s'était sentie complètement exposée à lui, vulnérable. Et pourtant, à la suite d'une revendication si totale, cette vulnérabilité ne lui avait causé aucun manque d'assurance.

Elle s'endormit en imaginant tout ce qu'il lui ferait dans leur chambre.

Au matin, Andrew fit un rapport aux services secrets, mais à sa plus grande joie, il refusa de quitter leur domicile. Il interrogea tout le monde une deuxième fois, puis passa du temps avec son père pour passer en revue les références de Charlotte et ses précédents emplois.

— Alors Darlington, estimez-vous enfin que nous sommes en sécurité ? demanda son père le soir venu.

Andrew semblait fatigué, et les ridules de son visage étaient plus marquées.

— Non, Monsieur. Miss Hunt, vous et cette maison êtes notre meilleure piste pour retrouver le meurtrier. Cela ne semble peut-être pas logique, mais mes tripes me disent qu'il reviendra sur les lieux du crime. Quand il le fera, je veux être présent.

— Dans ce cas, j'espère que vous vous joindrez à nous pour le dîner, dit le père d'Eliza d'un ton bourru, ce qui surprit tout le monde.

— Avec plaisir, si cela ne vous dérange pas.

Ils s'attablèrent ensemble, Mrs Hunt à côté d'Andrew, la place qu'aurait souhaité occuper Eliza.

— Alors, Lord Darlington, comptez-vous de nouveau rester debout toute la nuit ? s'enquit-elle.

— Eliza ! la rabroua sa mère.

— Je ne veux pas me montrer indiscrète. Mais je crains que sa santé et son efficacité en pâtissent, s'il ne dort pas.

— Je vous remercie, Miss Hunt, répondit Andrew avec l'ombre d'un sourire. Mais je n'ai pas besoin de beaucoup de sommeil.

Il la réchauffait de son regard, et ses manières pleines de douceur l'apaisaient, même en présence de son père. Andrew chassait ses inquiétudes et la rassérénait comme personne n'avait jamais su le faire.

— Combien de navires produisez-vous chaque année, environ ? demanda-t-il à Mr Hunt, aiguillant intelligemment son père vers son sujet favori.

Andrew maniait ses parents avec autant de doigté qu'il la maniait elle, charmant sa mère et adressant des questions ingénieuses à son père au sujet de ses affaires.

Après le souper, la mère d'Eliza la surprit en suggérant :

— Peut-être pourriez-vous jouer aux échecs avec Lord Darlington dans la bibliothèque pour l'occuper avant de vous retirer pour la nuit.

Elle s'attendait à des protestations de la part de son père, mais il ne dit rien, et elle dissimula son enthousiasme lorsqu'elle se tourna vers Andrew.

— Jouez-vous ?

— Avec grand plaisir, répondit-elle avec son habituelle lueur complice dans les yeux.

Elle le mena dans la bibliothèque, s'attendant à moitié à ce que ses parents leur emboîtent le pas, mais ils n'en firent rien. Andrew laissa la porte grande ouverte derrière eux, mais s'installa à la petite table où était installé l'échiquier avec un sourire de prédateur.

— De nouveau seuls, souffla-t-il.

— Je sais. Hier me semble si loin.

Il l'observa avec tendresse, comme si le visage d'Eliza – oui, son *visage* – le fascinait. Elle s'empourpra sous son regard et leva les yeux vers lui.

— Je suis impatient que vous soyez à moi, Eliza, murmura-t-il.

Elle renversa l'une des pièces et la replaça.

— Les noirs ou les blancs ?

— Les noirs.

Elle fit pivoter l'échiquier, et ils commencèrent à jouer.

— Monsieur le Comte ? demanda-t-elle au bout d'un long moment, après avoir pris son courage à deux mains.

— Oui ?

— Aviez-vous déjà... euh... ce que vous avez fait avec moi...

— Crachez le morceau.

Et, comme quand son corps s'était remis à respirer sous ses ordres le soir de leur rencontre, elle demanda :

— Aviez-vous déjà fait cela ? Avec d'autres femmes ?

Il prit un air solennel.

— Non, Eliza. Seulement avec vous.

— Pourquoi *moi* ? Je ne dis pas cela pour me dénigrer à nouveau, mais...

— Oui, je sais, dit-il, le front plissé par l'inquiétude. Vous sentez-vous… Avez-vous peur de cela ? De moi ?

— Non, répondit-elle aussitôt.

Il sembla soulagé. Il prit sa tour, la fit rouler entre ses doigts et l'observa au lieu de regarder Eliza en face.

— L'idée de punir une femme m'a toujours séduit, et cela me faisait peur, terriblement peur, car je craignais d'être un monstre, comme mon père.

Il déglutit.

— Mais avec vous… La première fois, je l'ai fait sans préméditation, mais lorsque j'ai réalisé que cela vous émoustillait, j'ai compris quelque chose d'inédit. Vous étiez peut-être ma moitié. Les blancs face à mes noirs, dit-il en saisissant sa tour et en la collant contre la sienne.

Il affronta son regard, et seule la vulnérabilité sur ses traits convainquit Eliza de ne pas baisser la tête en rougissant. Une part d'elle refusait d'admettre qu'elle avait savouré sa punition ; cela lui avait fait mal, après tout. Mais le souvenir de ce moment lui plaisait, à présent. D'ailleurs, elle chérissait chaque fessée qu'il lui avait donnée.

Pourtant, elle était incapable de lui dire qu'elle aimait cela, de lui donner un tel pouvoir ou une telle permission, de peur qu'il aille plus loin qu'elle ne le voulait.

Il posa les pièces et joua.

— Après ce qui s'est produit dans le corps de garde, j'ai mieux compris mes désirs. J'ai réalisé qu'ils naissaient de ma passion, de mon désir et de mon amour, pas de ma colère ou de mon ivresse, comme pour mon père.

Il la dévisagea.

— L'aviez-vous perçu ?

— Oui, parvint-elle à dire, les yeux rivés sur l'échiquier. Oui.

— Je suis convaincu que vous avez autre chose à dire à ce sujet.

— Pas encore.

Le regard coquin qu'elle s'était attendue à voir chez lui apparut.

— Quand nous serons mariés, je vous fesserai jusqu'à ce que vous me disiez tout.

Elle rougit, et un frisson remonta dans tout son corps face à cette menace. L'idée d'être allongée sur ses genoux pendant qu'il l'obligerait à avouer ses pensées les plus profondes lui semblait être un remède des plus agréables.

Ils finirent leur partie d'échecs, qu'elle gagna, bien qu'elle le soupçonnât de l'avoir laissée gagner.

— Bien, je vous dis bonne nuit, alors, déclara-t-il en se levant pour s'incliner.

Elle lui offrit sa main gantée, qu'il saisit et embrassa avant de dévoiler la peau nue de son poignet. Il effleura son pouls de ses lèvres, et elle frémit de désir, mais il libéra sa main avec un sourire.

— Bonne nuit, ma chère Eliza.

Sa poitrine s'emplit de chaleur.

— Bonne nuit.

Lorsqu'elle alla voir ses parents dans le bureau de son père, elle surprit leur conversation.

— Il l'aime, Thomas. Ne voyez-vous pas les regards qu'il lui lance ?

— Si.

Il avait parlé d'un ton sec, mais elle crut, ou espéra, y percevoir de la résignation.

Andrew passa la nuit dans le bureau avec la porte fermée, suivant une intuition. Après s'être assoupi, un frisson le réveilla au beau milieu de la nuit. Il tendit l'oreille, mais n'entendit rien. Puis la poignée de la porte bougea avec une lenteur infinie. Souple et discret comme un chat, il bondit sur ses pieds et se plaça derrière la porte. Celle-ci s'ouvrit aussi lentement que la poignée avait bougé pour révéler la silhouette imposante d'un homme. Andrew jaillit de sa cachette et l'étrangla par-derrière, son avant-bras pressé contre la gorge de l'homme.

L'intrus réagit par sa propre attaque surprise, le projetant à plusieurs reprises contre le mur en bois, faisant craquer les planches. Andrew tint bon, mais son adversaire s'empara de son petit doigt et le cassa. Andrew relâcha sa prise un instant, et l'agresseur se libéra, pivotant pour lui donner un coup de tête. Andrew l'esquiva, se pencha et se jeta sur son ventre, le faisant tomber en arrière. Ils luttèrent en silence, roulant l'un sur l'autre tandis que des lanternes s'allumaient et que le personnel de maison venait s'enquérir de la cause du raffut.

Une domestique poussa un cri à glacer le sang.

— Tout va bien, dit Andrew. Je maîtrise la situation.

Il abattit le poing dans la pommette de l'intrus. Il parvint à lui assener deux autres coups avant que le géant lui frappe les oreilles à pleines paumes, le désorientant assez longtemps pour le jeter sur le dos et lui donner un coup de poing dans la mâchoire. Andrew rampa hors de sa portée et se mit maladroitement debout avant de lui donner un coup de pied dans le ventre et de se jeter une nouvelle fois sur lui.

— Andrew !

La voix d'Eliza le déconcentra, et il perdit l'avantage. Son adversaire le poussa en arrière et se rua vers la porte, où Eliza se tenait bouche bée.

— Eliza, sortez et fermez la porte ! ordonna Andrew en se jetant sur l'homme, qui s'écrasa au sol.

Eliza resta tétanisée, immobile.

— Eliza, obéissez immédiatement !

— Pas un geste ! lança Hunt de sa grosse voix en poussant sa fille derrière lui. J'ai un fusil.

— Ne tirez pas ! aboya Andrew. Je veux l'arrêter vivant.

Hunt braqua le fusil sur eux tandis qu'ils continuaient de se battre, de s'entraver et de se rouer de coups de poing. Andrew plaqua l'homme contre la bibliothèque, faisant tomber une étagère sur leurs têtes. Son adversaire s'empara de l'étagère et tournoya pour l'abattre sur le sommet de son crâne. La vue d'Andrew se voila et des étoiles se mirent à danser devant ses yeux, mais il avança à l'aveuglette et se jeta de tout son poids sur l'intrus afin de le faire tomber. Cette fois, ils s'écrasèrent sur le bureau, que ses côtes heurtèrent de plein fouet.

— Laissez-moi donc lui tirer dessus, grogna Hunt, tout en empêchant judicieusement les autres d'entrer dans la pièce et de se retrouver mêlés à ce combat dangereux.

— Non ! s'exclama Andrew.

Il glissa une jambe sous les pieds de l'autre homme et le fit basculer sur le dos. Il lui sauta dessus, le fit rouler sur le ventre, et lui coinça les bras dans le dos avec une force qui risquait de lui briser les os.

— Allez me chercher une corde ! ordonna-t-il les dents serrées.

Il prit l'homme par les cheveux et lui souleva la tête.

— Qui a organisé la vente des documents ?

— Allez au diable ! jura l'intrus, les lèvres en sang.

— Tenez, Monsieur ! intervint l'un des domestiques en tendant une corde à Andrew.

Il lia les poignets de l'homme et ordonna :

— Allez chercher des renforts au siège des services secrets.

Comme personne ne bougeait, Hunt répéta ses instructions et sélectionna un valet parmi les personnes présentes.

Andrew s'assura que la corde était soigneusement nouée, puis il regarda son prisonnier.

— Plus vite vous parlerez, plus la suite sera aisée pour vous.

L'homme ne dit rien, mais cessa de se débattre. Andrew le fit rouler sur le côté pour le dévisager. L'intrus leva brusquement les pieds et joignit les chevilles derrière ses jambes pour le faire tomber, avant de se lever maladroitement, les mains toujours liées dans le dos. Le son assourdissant d'un coup de feu retentit, et la meilleure source de renseignements d'Andrew tomba inerte à ses pieds.

Il secoua la tête, révolté. Il essuya sa bouche couverte de sang et grogna :

— J'avais dit que je le voulais vivant.

— Il se serait battu jusqu'à la mort. Je pense qu'il savait ce que vous lui auriez fait, s'il se laissait capturer vivant, commenta Hunt.

Andrew marmonna un juron, puis haussa la voix pour s'adresser aux membres de la maisonnée agglutinés dans le couloir.

— Quelqu'un reconnaît-il cet homme ? L'avez-vous déjà vu ?

Une par une, les têtes passèrent dans l'encadrement de la porte pour jeter un œil à la scène macabre. Quand Eliza tenta d'entrer, il tendit le bras et lui montra la sortie.

— Dehors.

Elle s'arrêta, les yeux écarquillés, l'expression blessée.

Il se radoucit et fit quelques pas vers elle.

— Pardon d'être aussi brusque. Je ne veux pas que vous voyiez cela.

— Et si j'étais en mesure de l'identifier ?

Il ôta sa veste et la jeta sur le torse ensanglanté de l'homme pour couvrir la plaie.

— Très bien. Venez voir.

Elle s'avança, le visage résolu et courageux, déglutit et secoua la tête.

— Je ne l'ai jamais vu.

— Suivez-moi, ma chérie, lui dit sa mère en la tirant hors de la pièce.

Smith et Jenners arrivèrent et aidèrent Andrew à déplacer le corps jusqu'à un chariot tandis qu'il leur expliquait les événements.

— Bon, toutes les principales parties prenantes sont mortes. Il ne nous reste plus qu'à trouver l'intermédiaire, dit Jenners, comme pour se consoler.

— Qu'est-ce qui vous dit qu'il y en a un ? s'enquit Smith.

— Il y en a forcément un. Charlotte n'aurait jamais contacté son employeur pour tenter de lui vendre ses propres plans. Quelqu'un a dû être contacté pour chercher un acheteur. Malheureusement pour eux, ils n'avaient pas échangé assez d'informations pour éviter une telle erreur. C'est presque comique, quand on y pense.

Jenners appuya les coudes sur le chariot.

— Vous vous êtes cassé le petit doigt, hein ?

Andrew haussa les épaules.

— Il guérira.

— Vous nous quittez, alors ?

Il se redressa.

— Qu'est-ce qui vous fait dire cela ?

Jenners montra la maison du menton.

— N'importe qui réaliserait que vous êtes fou amoureux de cette dame. Il était temps que vous vous installiez.

— Je n'ai pas encore obtenu la bénédiction de son père, dit-il avec un petit sourire.

— Et après cette nuit, il risque de ne jamais vous l'accorder, intervint Smith.

Andrew lui jeta un regard meurtrier.

— Merci pour votre optimisme, Smith.

— Oh, il est simplement grincheux parce qu'après votre départ, vous pourrez jouer les gentilshommes, alors que lui se retrouvera dans le rôle de mon valet, dit Jenners.

~

Elle se réveilla en milieu de matinée, tout aussi ensommeillée qu'elle l'avait été en se couchant à l'aube. Elle aurait dû être horrifiée par ce qui s'était produit dans le bureau au cours de la nuit. Pourtant, il n'en était rien. Elle était seulement fière que son homme, Lord Darlington, se soit battu de façon si spectaculaire.

Quelle femme civilisée se réjouirait-elle de voir son prétendant se battre à mains nues ?

Elle frémit en songeant au danger qu'il avait couru, et qu'il avait affronté sans peur apparente. Il n'avait pas bronché malgré ses blessures, bien qu'il ait eu le doigt cassé. Elle l'aimait quand il se comportait en gentilhomme, mais parfois, les femmes se réjouissaient de savoir que leur homme était capable de gagner un combat brutal et sauvage.

Elle prit son petit déjeuner et s'attelait à sa broderie en compagnie de sa mère quand elle entendit le majordome s'adresser à son père, annonçant un visiteur.

— Lord Auburn vous rend visite, Monsieur.

Lord Auburn.

— Aïe !

Elle laissa tomber son aiguille et glissa son pouce dans sa bouche pour sucer une gouttelette de sang.

Son père avait-il invité Lord Auburn ?

La simple mention de son nom lui nouait l'estomac.

— Faites-le entrer dans mon bureau, dit son père en se levant.

Elle jeta un regard à sa mère, qui semblait tout aussi perturbée qu'elle par l'arrivée de cet homme insistant. Elle se souvint de ce que sa mère avait dit à son père, quand elle avait surpris leur conversation. Elle soutenait son projet de mariage avec Darlington.

— Que fait-il ici, à votre avis ?

Sa mère pinça les lèvres.

— Je pense que vous le savez parfaitement, répondit cette dernière, quoiqu'avec un regard compatissant.

— Père préfère-t-il toujours… ?

— Je l'ignore, coupa sa mère. Il est parfaitement conscient de votre préférence.

— Mère, commença-t-elle, avant de se raviser.

Elle ne savait pas quoi lui dire. Ses parents ne lui avaient jamais reparlé de sa tentative d'épouser Darlington en cachette.

Sans quitter son ouvrage des yeux, Mrs Hunt dit :

— Tout s'arrangera.

— Comment ?

Sa mère haussa les épaules.

— Je ne sais pas.

Eliza soupira, et les deux femmes plongèrent dans un silence tendu, chacune travaillant à sa broderie.

Lorsque la porte du bureau se rouvrit et que le son de voix masculines leur parvint depuis le couloir, Eliza posa son ouvrage et se leva.

Son père mena Auburn dans la pièce.

— Je vous en prie, entrez, dit-il.

Eliza serra les dents et le maudit intérieurement. Comment pouvait-il lui faire une telle chose ? Il savait qu'elle aimait Darlington et détestait Auburn. Cette entrevue n'y changerait rien.

Elle fit une révérence réticente au lord.

— Bonjour.

Il s'inclina, tiré à quatre épingles, comme toujours, avec sa veste noire qui devait valoir une fortune.

— Miss Hunt, je suis ravi de vous revoir.

Elle lâcha un son de gorge évasif, et ils s'assirent.

— Quelle journée radieuse !

— Vous trouvez ? dit-elle. Je ne suis pas encore sortie.

Elle ignorait si son père avait parlé à leur visiteur des péripéties de la nuit, mais elle n'avait aucune envie de les lui expliquer.

— Oui, absolument radieuse.

Elle jeta un regard par la fenêtre, et quand elle se tourna de nouveau vers lui, elle vit qu'il observait sa tache de naissance avec une révulsion contenue. Elle rougit, et sa honte de toute une vie refit surface. Elle eut envie d'oublier sa politesse et de lui demander ouvertement ce qu'il pensait de sa tache, mais elle resta muette, comme à chaque bal et repas de la haute société, quand elle avait regretté de ne pas pouvoir devenir invisible afin d'être ignorée. Elle n'arrivait pas à se parer de l'assurance et du charme que Darlington avait éveillés chez elle.

Auburn eut au moins le bon goût de sembler honteux d'avoir été pris la main dans le sac, et il s'éclaircit la gorge.

— Je me demandais si vous aviez l'intention d'assister au bal des Devonworth ?

— Non, répondit-elle, d'un ton qu'elle voulait sec, mais dont l'effet tomba à l'eau lorsque sa voix se brisa.

— Oh, quel dommage. J'aurais aimé danser avec vous.

Je préfère encore me jeter dans un lac.

Elle ne parvint pas à lui faire la moindre réponse. Elle regrettait de ne pas être comme Lady Westerfield, qui était capable de charmer n'importe quel homme ou femme, tout en sachant dire ce qu'elle pensait. Au lieu de cela, Eliza resta bouche cousue, les mains jointes sur les genoux, l'esprit à l'arrêt. Elle ne trouvait pas de formule de politesse appropriée, ni même de réplique bien sentie à la manière de Kitty Westerfield.

Comme toujours, sa mère vola à son secours :

— Eliza en serait ravie, si nous décidons finalement de nous rendre à ce bal. Mais nous ne sommes pas encore certains de pouvoir nous libérer.

— Je vois, dit Auburn. Aimeriez-vous faire une promenade ? Le temps est réellement radieux.

— Je ne peux pas, répondit Eliza à brûle-pourpoint, engoncée dans son corset alors qu'elle se trémoussait sur son siège. Je… je crains d'avoir attrapé un refroidissement. Euh, non, un mal de tête.

Auburn hocha la tête.

— Très bien, je ne vous dérange pas plus longtemps. Je reviendrai une prochaine fois.

Elle se leva et lui adressa un faible sourire.

— Ce ne sera pas nécessaire, dit-elle, en ayant envie de disparaître.

Il s'inclina et quitta la pièce. Elle l'imita et se rendit droit dans sa chambre, où elle se tint devant la fenêtre, ravalant ses larmes.

Une fois son petit doigt remis et protégé par une attelle, Andrew passa toute la journée à faire son rapport sur l'affaire. Lorsqu'il rentra chez lui, l'épuisement s'abattit sur lui. Après deux nuits presque sans sommeil, il avait les yeux secs et brûlants, et il avait eu beau rincer sa bouche en sang, il n'avait pas eu l'occasion de se laver après la bagarre.

— Oh, Monsieur, vous avez mauvaise mine, le rabroua

Mrs Fletcher à son arrivée. Vous avez faim ? Je peux vous préparer un repas chaud en un tour de main.

— Je vous remercie, soupira-t-il. Je suis affamé, maintenant que vous le dites.

— Votre avocat vous a envoyé ces documents, lui dit sa gouvernante, toujours aussi efficace, en lui tendant une liasse de papiers.

Il s'assit à la table de la salle à manger pour les consulter, les lisant en vitesse pour arriver aux détails pertinents.

Quelqu'un frappa bruyamment à la porte, et il se prit la tête entre les mains avec un grognement.

— Ne vous en faites pas, Monsieur. Je vais me débarrasser de cette personne, quelle qu'elle soit, lui assura Mrs Fletcher en se ruant dans l'entrée.

En entendant la voix de Mr Hunt, cependant, Andrew se leva et alla l'accueillir.

— Bonsoir, Mr Hunt, dit-il en lui tendant les papiers envoyés par son avocat. Ceci pourrait vous intéresser. Ma demande pour endosser le titre de mon père a été acceptée.

Hunt s'empara des documents et y jeta un coup d'œil avant de lever la tête avec un regard rusé. Mais ses mots surprirent Andrew :

— Avec ou sans titre de noblesse, Eliza est à vous.

Andrew regarda longuement le vieil homme, son esprit trop ralenti pour comprendre ce qu'il voulait dire.

— Êtes-vous… Eliza est à moi ?

— Vous m'avez bien entendu.

— Je prendrai soin d'elle, Monsieur, promit-il, son épuisement mêlé à de l'euphorie.

— Je n'en doute pas, Darlington.

Il tendit la main à son futur beau-père, qui la serra avec précaution à cause de son doigt bandé.

— Pourquoi avez-vous changé d'avis, si ce n'est pas à cause de mon titre ?

— Je vous avais mal jugé, admit Hunt. Je craignais que vous couriez seulement après l'héritage de ma fille. Mais après vous avoir vus ensemble, je n'ai plus aucun doute sur la sincérité de votre affection pour elle.

L'émotion envahit Andrew : un mélange d'instinct protecteur et de fierté à l'idée qu'Eliza devienne sienne.

— Votre fille est la seule dame qui compte à mes yeux, déclara-t-il.

— Je vous crois. À présent, allez-vous m'inviter à entrer, ou dois-je rester dans votre vestibule comme un garçon de courses ?

Andrew rit.

— Entrez, je vous en prie. Mrs Fletcher était sur le point de servir le souper, souhaitez-vous vous joindre à moi ?

Les deux hommes s'attablèrent ensemble, et la tension qui régnait autrefois entre eux se dissipa tandis qu'il dégustait un ragoût et du pain frais.

— J'ai demandé à mon propre avocat de se renseigner sur vos affaires, annonça Hunt entre deux bouchées.

— Et ?

— Vous aurez besoin d'investir une belle somme, si vous voulez restaurer la gloire de la propriété.

La tension qui avait quitté Andrew l'accabla de nouveau.

— Ce n'est pas surprenant, je suppose. Elle est à l'abandon depuis maintenant huit ans.

— Mais vous avez l'intention de la restaurer et de prendre soin des terres attenantes ainsi que des métayers ?

— En effet, répondit Andrew, bien que l'idée de retourner vivre à Stenwick lui retournât l'estomac.

Pour Eliza, il le ferait. Elle méritait d'avoir un titre de noblesse et de prendre la tête d'un domaine. Elle méritait également un époux qui n'avait pas peur d'affronter ses démons. Il ne pourrait pas se considérer comme un homme s'il ne laissait pas son enfance au passé.

— Où trouverez-vous les capitaux pour vous équiper et moderniser les lieux ?

Andrew posa sa cuillère et soupira.

— Avec tout le respect que je vous dois, Monsieur, je n'ai pas encore eu l'occasion d'étudier les possibilités.

Hunt s'essuya la bouche avec une serviette.

— Je peux financer ces améliorations.

Andrew dévisagea son bienfaiteur potentiel.

— Il s'agirait là d'un investissement, ou d'un cadeau ?

Hunt eut un sourire en coin.

— Je vous aime bien, fils. Vous êtes de nature suspicieuse, comme moi. Cet argent serait un cadeau, après votre mariage avec ma fille.

Andrew hocha la tête. Une part de lui – l'homme orgueilleux qu'il était – avait envie de refuser ce cadeau de peur que Hunt mette à jamais son grain de sel dans sa gestion du domaine. Mais il ne rendrait pas service à Eliza en refusant, et même s'il se passait de la générosité de Hunt, ce dernier trouverait peut-être à redire sur sa façon de gérer ses terres.

— Merci, Monsieur. Je vous suis reconnaissant de votre générosité.

— Quand vous unirez-vous ?

Andrew fut surpris que Hunt le consulte plutôt que de lui imposer une date, mais il le cacha.

— Le plus tôt possible. Je suppose que les dames en décideront. Votre épouse aura peut-être des attentes particulières.

Hunt rit.

— Vous avez certainement raison.

Puis il se leva.

— En parlant de Mrs Hunt, je devrais rentrer. Je vous laisserai annoncer la nouvelle à Eliza en personne.

Andrew se leva à son tour et lui serra la main.

— Je vous remercie. Je vous rendrai donc visite demain.

Il raccompagna Hunt à la porte et se rendit aussitôt dans sa chambre pour s'écrouler dans son lit. Le sommeil ne vint pas, cependant. Au lieu de cela, des souvenirs de son enfance et de la demeure de Stenwick envahirent son esprit, l'obligeant à serrer les poings et les dents tandis qu'il se tournait et se retournait sur son oreiller.

CHAPITRE SIX

— Ma chérie… une femme mariée a certaines… responsabilités, lui dit sa mère en tordant ses mains gantées tout en faisant les cent pas dans sa chambre.

Eliza lissa sa robe de mariée sur ses genoux et chassa une poussière invisible tout en observant sa mère.

Si elle était plus compatissante, elle l'aurait interrompue pour lui assurer qu'elle avait déjà une idée du genre d'attentes qu'un homme pouvait avoir. Au lieu de cela, elle patienta, curieuse de voir comment sa mère lui expliquerait les choses.

— Votre époux aura des besoins… et, eh bien, vous aurez des responsabilités.

Eliza étouffa un gloussement.

— Il attendra de vous que…

Mrs Hunt agita la main.

— Il sera…

Elle se retourna et surprit l'expression hilare de sa fille. Fâchée, elle souffla.

— Vous êtes consciente qu'il est de votre responsabilité de lui donner des héritiers ?

Eliza riait pour de bon, à présent.

— Oui, Mère, je suis consciente de ce qu'implique mon rôle d'épouse.

Sa mère se mit à sourire à son tour.

— Bien, et savez-vous comment cela se fait ?

Eliza baissa de nouveau les yeux sur sa robe et l'examina, à la recherche d'autres fils ou poussières.

— Pas en détail, mais je suis sûre que Lord Darlington le saura.

Sa mère s'assit sur le lit.

— Oui, oui, je suppose. C'est seulement… Je voulais vous dire…

— Vous avez des conseils ? Pour que je le fasse bien ?

— Oh, grand Dieu non ! s'exclama sa mère, encore plus troublée. Je voulais seulement vous dire que cela pouvait faire mal, mais que vous ne deviez jamais refuser.

Eliza fronça les sourcils.

— Ceci est votre conseil ?

Sa mère se leva.

— Très bien, oubliez ce que je vous ai dit ! répliqua-t-elle sèchement. Je suis sûre que vous vous débrouillerez, comme toutes les jeunes mariées.

Elle se dirigea vers la porte.

— Mère, attendez, dit Eliza d'un ton conciliant.

Mrs Hunt s'arrêta et se tourna vers elle.

— Cela sera toujours douloureux ?

— Non, non, répondit sa mère. Je n'aurais pas dû dire cela. C'est un peu pénible au début, mais plus du tout une fois que vous aurez eu des enfants. Plus vous redouterez d'avoir mal, et plus cela sera désagréable. Il vaut mieux ne pas y songer du tout.

Eliza ressentit une vague de compassion envers sa mère,

dont les mots ne correspondaient pas aux expériences qu'elle avait déjà connues avec son fiancé. Elle avait beau avoir éprouvé de la douleur, lors des fessées ou lorsqu'il l'avait pénétrée par-derrière, le plaisir qu'elle avait reçu dépassait largement tout inconfort. L'acte amoureux que sa mère évitait scrupuleusement de décrire était peut-être bien pire que les autres, mais quelque part, Eliza en doutait.

— Arrive-t-il que cela soit... agréable ?

Sa mère se raidit.

— Cela n'a pas vocation à donner du plaisir, mais à procréer !

— Alors vous ne faites plus...

— Si, bien sûr, répondit sa mère, les joues roses. Comme je vous le disais plus tôt, les hommes ont certains besoins. Votre devoir est de le combler dès qu'il vous le demandera.

— Je doute que Lord Darlington me laisse le choix, dit Eliza en songeant aux libertés qu'il avait déjà prises avec elle.

Sa mère sembla scandalisée.

— Bon, avez-vous d'autres questions ?

Eliza se leva.

— Non, je pense pouvoir me débrouiller, comme vous dites.

— Dans ce cas, venez, allons patienter dans le petit salon, votre père nous conduira à l'église.

Finalement, Mr Hunt les attendait déjà, et ils prirent tous les trois la calèche.

— Êtes-vous prête ? lui demanda son père d'un ton bourru, les regardant tour à tour une fois qu'elles furent installées.

Eliza rougit en songeant que son père devait avoir une idée de la discussion qu'elles avaient eue.

Elle décida de changer de sujet :

— Merci, Père, de me laisser épouser Andrew. Et de lui

avoir donné l'argent nécessaire à la restauration de Stenwick. Cela est très gentil de votre part.

Son père agita la main comme pour chasser ses remerciements, mais il semblait content.

— En vérité, je suis loin d'être ravi de vous voir partir, Elizabeth Grace. Vous nous avez apporté beaucoup de bonheur, à votre mère et moi.

Ses yeux se mirent à piquer.

— Oh, Papa, arrêtez, l'implora-t-elle.

La calèche arriva à l'église, et elle regarda par la fenêtre pour voir son fiancé appuyé au mur de pierres. Les contours gracieux de ses membres détendus la rassurèrent et la troublèrent à la fois. Comme il s'était montré très familier avec elle dès leur rencontre, elle eut soudain la drôle d'impression qu'ils étaient déjà mariés, qu'il avait toujours été son époux, et qu'il attendait simplement son arrivée.

Il se dirigea vers la calèche, la prit par la taille avec ses grandes mains pour l'aider à descendre, et sourit avec ses yeux pétillants.

Je vous aime, semblait dire son expression. *Je vous ai toujours aimée.*

Il prit sa main et la posa sur son bras pour l'escorter à l'intérieur.

— Vous n'avez pas changé d'avis, n'est-ce pas ?

— Vous savez bien que non, murmura-t-elle.

— Je suis impatient que vous deveniez Lady Darlington, dit-il, une lueur prédatrice dans les yeux.

Elle étouffa un gloussement.

D'habitude, un moment tel que celui-ci l'aurait mise mal à l'aise. Elle n'aimait pas attirer l'attention, même si seuls ses parents ainsi que le pasteur et sa femme étaient présents. Mais la présence puissante d'Andrew, leur intimité et leur complicité chassaient ses tensions, et elle approcha le presbytère la tête haute.

Le pasteur ouvrit le livre de la prière commune et entama la longue cérémonie. Enfin, il leur demanda de se tenir par les mains pour prononcer leurs vœux. Andrew sortit un anneau d'or, qu'il posa sur le livre afin que le pasteur le bénisse avant qu'il soit passé au doigt d'Eliza. Il lui avait déjà offert un anneau d'or serti d'une superbe pierre carrée jaune-vert à l'occasion de leurs fiançailles. Ils s'agenouillèrent durant la prière, puis le pasteur leur demanda de se tenir par les mains à nouveau et les déclara mari et femme.

Andrew jeta un regard en coin à Eliza pendant que le pasteur chantait un psaume, avec le même air coquin qu'il avait eu avant d'entrer dans l'église. Elle rougit de honte à l'idée que le pasteur comprenne les intentions charnelles de son époux.

Enfin, ils signèrent le registre, et Andrew la mena à sa calèche.

— Si seulement nous pouvions sauter la réception pour nous rendre droit chez moi ! murmura-t-il.

— Andrew ! le rabroua-t-elle. Je crois que le pasteur a également perçu vos intentions !

Il eut un sourire en coin.

— Oh, j'en doute fort. S'il savait ce que je comptais vous faire, il n'aurait jamais accepté de nous unir.

Eliza feignit un air innocent et répliqua :

— Bon, ma mère vient de m'informer que je devais accepter tout ce que vous exigerez de moi.

Andrew renversa la tête en arrière et rit, un son grave et chaleureux qui la fit fondre.

Elle battit des cils.

— Devrais-je avoir peur ?

Il prit sa main et la porta à ses lèvres, la surprenant lorsqu'il saisit son gant entre ses dents et tira sauvagement sur le tissu.

Elle poussa un cri et gloussa alors qu'il agitait le gant comme une bête féroce.

~

Il admirait la silhouette élancée d'Eliza dans son élégante robe de mousseline blanche à l'autre bout du petit salon des Hunt. Mrs Hunt avait organisé un modeste petit déjeuner pour fêter leur mariage. Deux douzaines d'invités étaient là, y compris les Westerfield et d'autres membres de la haute société. La belle-mère d'Andrew lui avait proposé d'inviter le directeur Dinshaw ainsi que Jenners et Smith, mais il avait refusé poliment, ne souhaitant pas obliger ces deux groupes aux origines sociales distinctes à se côtoyer.

Il lui était déjà assez pénible de voir sa jeune épouse essayer de se rendre invisible. Elle avait crispé la main sur son bras dès qu'ils étaient arrivés et s'étaient mis à circuler parmi les invités. Il avait tenté de la rasséréner, couvrant sa main avec sa paume et murmurant de petites blagues qu'elle seule pouvait entendre, mais ils avaient été séparés, et à son expression renfermée, il voyait qu'elle ne désirait rien tant que de disparaître.

— Voulez-vous m'excuser ? dit-il au gentilhomme avec qui il discutait. Je me languis déjà de mon épouse.

L'homme rit tandis qu'il traversait la pièce pour rejoindre Eliza.

— Vous êtes la plus belle dame de cette pièce, lui murmura-t-il à l'oreille. Si vous ne l'assumez pas, je serai obligé de vous fesser lors de notre nuit de noces.

— Je suis prête à recevoir une fessée de votre part si cela m'autorise à quitter cette réception, répondit-elle.

Il sentit son membre se presser contre son pantalon. Entendre sa jeune épouse lui confirmer qu'elle se soumettrait à sa discipline lui donnait terriblement envie d'elle. Oubliant son intention de la convaincre de bavarder avec les invités, il passa la pièce en revue tout en se demandant combien de temps ils devraient rester.

— Vous ne réalisez pas dans quel état vous me mettez, ma chère.

Elle leva les yeux, et son masque impassible laissa la place à un sourire séducteur.

— J'ignore ce que ma mère cherchait à m'inculquer ce matin concernant mes responsabilités dans la chambre à coucher, mais je pense deviner que cela n'avait rien à voir avec les fessées.

Il sourit.

— Elle est peut-être moins coquine que vous ?

— Vous savez, je crois bien que Lady Westerfield aime être fessée.

Il peina à cacher sa surprise tandis que sa virilité se mettait au garde-à-vous.

— Je sais que c'est moi qui ai abordé le sujet, mais si vous continuez, je crains d'être incapable de refréner mon envie de passer à la pratique immédiatement.

Eliza gloussa, un son mélodieux tellement dénué de sa retenue d'un peu plus tôt qu'il sentit son cœur devenir plus léger.

— Nous en reparlerons ce soir, quand je vous aurai donné votre première fessée d'épouse.

— Comment êtes-vous passé des menaces à la promesse d'une correction ?

Il sourit.

— Vous ne vous êtes pas assagie.

Elle haussa un sourcil.

— M'en avez-vous donné l'occasion ?

Il lui tendit le bras.

— Très bien. Circulons ensemble parmi les invités. Je vous conseille d'obéir à votre mari, si vous voulez éviter qu'il use de son fouet ce soir.

Sa jolie épouse se montra plus sociable. Elle ne parla pas beaucoup, mais elle ne s'agrippait plus à son bras avec la même vigueur qu'avant, et elle alla même jusqu'à sourire et à croiser le regard des convives avant de leur murmurer des remerciements ou des amabilités.

Ce n'est que le soir, quand le dernier invité fut parti, qu'ils purent enfin fuir vers sa maison – non, *leur* maison, en attendant leur départ pour Stenwick. Il la mena dans la chambre, et remarqua qu'elle avait les mains glacées.

— Avez-vous le trac ?

— Un peu, admit-elle en levant le visage vers lui.

Il sourit, lui caressa la joue, et attira ses lèvres contre les siennes. Il l'embrassa profondément puis dit :

— Je vous aime, Eliza. Ce soir, vous devenez enfin mienne.

Il la fit pivoter et déboutonna sa robe.

— Je regrette de ne pas encore avoir les moyens d'employer une femme de chambre pour vous vêtir et vous dévêtir. J'espère que vous accepterez mes efforts maladroits à la place.

— Je vous préfère de loin. Je ne suis jamais à l'aise avec mes femmes de chambre.

Il dégagea la nuque d'Eliza et l'embrassa derrière l'oreille.

— J'espère que ce n'était pas parce que vous ne vous sentiez pas à la hauteur.

Le rose monta aux joues d'Eliza et elle baissa les yeux sur ses chaussures.

— Ce soir, j'espère vous démontrer à quel point vous êtes belle, dit-il d'une voix devenue grave.

Il tira une chaise face à elle et s'y assit.

— Ôtez tous vos vêtements et montrez-moi ce qui m'appartient désormais.

— Andrew ! protesta-t-elle, le regard implorant.

— Vous m'avez entendu, ma chérie. Obéissez, ou vous en subirez les conséquences.

Le visage brûlant, elle ôta les bras des manches bouffantes de sa robe, qu'elle laissa tomber à ses pieds ; debout face à son époux seulement vêtue d'un corset, de ses dessous et de ses bas, elle devenait de plus en plus mal à l'aise sous son regard aux paupières lourdes.

— Andrew… je ne peux pas, dit-elle d'une voix suppliante.

Enlever ses dessous à la lumière crue de la lampe et sous le regard attentif de son mari lui était impossible.

— Vous n'avez rien à me cacher, la cajola-t-il, l'ombre d'un sourire sur ses lèvres, bien qu'il croisât les bras dans une pose implacable.

— S'il vous plaît ? Je vous en prie, ne m'y obligez pas. Éteignez la lampe et prenez-moi sous les draps, ou déshabillez-moi vous-même, mais par pitié… j'en suis tout bonnement incapable.

— Vous savez quelles sont les conséquences lorsque vous désobéissez ?

Elle ferma les paupières, les jambes flageolantes.

— Oui, murmura-t-elle.

— Penchez-vous sur le lit, ma chérie.

Mi-soulagée, mi-terrifiée, elle lui tourna le dos et coucha le buste sur le matelas, le visage enfoui dans la courtepointe.

— Petite sotte, dit-il d'une voix tendre et chaleureuse tandis qu'il lui caressait les fesses.

Elle frémit lorsque ses doigts se frayèrent un chemin dans l'ouverture de ses dessous. Sa chair rencontra la sienne, et sa peau se couvrit de chair de poule face à ce contact intime.

Le souvenir de la première fessée qu'il lui avait donnée lui revint soudain en mémoire. Sa soumission perplexe après qu'il l'avait saisie et ligotée, la façon dont il l'avait mise à nu et fouettée, tout en lui confiant la passion qu'il lui vouait. La sensualité de ce châtiment rendit la zone entre ses cuisses plus humide.

Il tira sur la ficelle de ses dessous, laissant le tissu glisser sur ses hanches pour révéler ses fesses. Elle enfouit plus profondément le visage dans la courtepointe, embarrassée.

— Désobéir n'est pas sans conséquence, Lady Darlington, l'informa-t-il d'un ton sévère.

— Oui, Monsieur le Comte, murmura-t-elle, sans savoir si la sensation palpitante dans son ventre tenait de l'excitation ou de la peur.

Je vous aime.

Ces mots lui vinrent à l'esprit, bien qu'elle ne les prononçât pas. De drôles de mots dans un tel moment, mais derrière, son émotion était authentique.

Je vous aime et je me donnerai à vous ainsi, ou comme vous le désirerez.

Il n'avait pas besoin de lui démontrer qu'elle lui appartenait ; elle le savait déjà, jusque dans la moelle de ses os. Elle l'avait su dès leur rencontre, quand il l'avait regardée tout entière sans grimacer, qu'il avait vu son moi authentique, caché, sous sa peau tachée. Déjà à l'époque, elle lui avait obéi, lorsqu'il lui avait ordonné de respirer. Il avait compris qu'elle souffrait et avait endossé une partie de son fardeau, comme s'ils formaient déjà une équipe.

Un sifflement d'air atteignit les oreilles d'Eliza un instant avant qu'une ligne de feu traverse ses fesses. Elle haleta, puis geignit. La cravache. Tous les muscles de son corps se crispèrent, prêts pour le prochain coup. Au lieu de cela, Andrew tapota sa chair frémissante avec l'instrument.

— Ne vous cachez jamais de moi, ma douce Eliza.

Sa voix avait repris son timbre affectueux, réchauffant les parties d'Eliza qui n'étaient pas déjà en feu.

La cravache frappa à nouveau, une douleur cinglante qui lui donna le tournis.

Elle lâcha une exclamation étouffée contre la courtepointe. Il la frappa deux fois de plus avant qu'elle ait pu reprendre son souffle. Elle tenta de retrouver sa voix afin de le supplier d'arrêter, mais il dit :

— Un dernier, Eliza, puis j'éteindrai la lampe et je vous prendrai sous les draps.

Elle se détendit, consciente qu'elle n'avait plus qu'un coup à endurer. Il fut terrible, cependant, et elle poussa un nouveau cri. Lorsqu'elle reprit ses esprits, elle réalisa que son époux était agenouillé à côté d'elle, occupé à lui enlever ses porte-jarretelles tout en embrassant la chair comprimée en dessous. Il fit glisser ses bas le long de ses cuisses avec une douceur dont elle ne le savait pas capable. Elle avait toujours les jambes flageolantes, et elle changea de position, gênée, mais il la saisit fermement et murmura d'une voix rauque :

— J'adore quand vous tremblez pour moi.

Une goutte échappa à son sexe pour couler sur sa cuisse.

— Andrew, parvint-elle à dire d'une voix étranglée.

La lampe s'éteignit, et l'obscurité tomba autour d'eux. Elle leva la tête et se tourna vers lui, lui tomba dans les bras, ses jambes trop vacillantes pour la porter. Il se leva avec Eliza dans ses bras, apparemment sans but précis. Il huma profondément son cou.

— J'adore votre odeur.

Elle émit un son incohérent et l'embrassa dans le cou.

— J'adore vos cheveux soyeux et la douceur de votre peau. J'adore le son de votre voix, même quand vous ne parlez pas.

Elle gloussa.

— Pardon ?

Il rit et glissa un bras sous ses genoux pour la porter comme un bébé avant de la jeter sur le lit.

— Ce que je voulais dire, c'est que je sais ce que vous pensez ; la voix que vous auriez si vous vous exprimiez.

Elle sourit dans la pièce plongée dans le noir, le cœur plein de félicité.

— Vous savez réellement à quoi je pense, n'est-ce pas ?

Il rit.

— Pas toujours. Souvenez-vous, je vous ai prise pour une traîtresse, à un moment.

Il se débarrassa de ses vêtements en un clin d'œil et se coucha sur elle. Comme les yeux d'Eliza se faisaient au manque de lumière, elle distingua les contours de son beau visage lorsqu'il se pencha pour l'embrasser.

— Ce petit jeu était amusant, finalement, poursuivit-il. Nous pourrions peut-être jouer à la traîtresse et à l'espion plus souvent. Je vous attacherais pour vous interroger.

Il glissa un genou entre ses cuisses pour lui écarter les jambes.

— Vous aviez promis *sous les draps*, lui rappela-t-elle.

— Pour ce soir, je me plierai à cette condition, ma chérie, dit-il, hilare. Mais à partir de demain, j'aurais le droit de vous examiner à loisir.

— Bien, Monsieur le Comte, dit-elle avec une politesse feinte.

Il souleva les draps et Eliza se glissa dessous, vers un côté du lit.

— Où croyez-vous aller ?

Il s'allongea à ses côtés, les couvrit avec les draps et la tira au milieu du lit avant de se coucher sur elle.

— Il me semble que j'étais sur le point de m'emparer de votre vertu.

Elle lui ouvrit ses cuisses, impatiente de satisfaire l'excitation grandissante en son centre.

— Emparez-vous de ma vertu, susurra-t-elle.

Il gémit, sa virilité pressée entre ses jambes, aussi impatiente que le sexe trempé d'Eliza. Il saisit son membre et en frotta l'extrémité contre son entrée, l'encourageant à le laisser passer. Elle s'agrippa aux muscles gonflés de ses épaules et leva le bassin pour aller à sa rencontre.

— Emparez-vous-en maintenant ! l'implora-t-elle.

Il émit un son étranglé.

— Ah, juste ciel, Eliza, je ne pourrai pas y aller lentement. J'ai besoin de plonger en vous… *d'un coup* !

Il la pénétra brusquement, faisant fi de la légère résistance. Elle ne ressentit aucune douleur, seulement de la surprise face à cette sensation, puis un désir renouvelé. Il s'était immobilisé en elle, et elle ondula sur son membre.

— Oh, Eliza ! s'exclama-t-il.

Il entama aussitôt un va-et-vient, une sensation terrifiante et prodigieuse, presque incompréhensible pour ses sens. Elle ferma les paupières et balança la tête d'un côté et de l'autre en gémissant.

Il s'interrompit.

— Tout va bien ?

— N'arrêtez pas, pour l'amour du ciel !

Il rit, et ses coups de reins devinrent plus énergiques, jusqu'à ce qu'Eliza ait l'impression qu'il allait la fendre en deux.

Il lâcha une exclamation étouffée et s'enfonça pleinement, le sexe palpitant. Le corps d'Eliza sembla comprendre que cela marquait la fin de leurs ébats, et elle enroula les jambes derrière son dos pour le serrer fort tandis que son propre sexe se contractait en des vagues de plaisir pur.

— Ma douce Eliza, susurra Andrew en se couchant à ses côtés, leurs corps toujours emboîtés. Vous êtes tout pour moi.

CHAPITRE SEPT

Il enroulait et déroulait une ficelle autour de son doigt, ses épaules aussi tendues que le chemin caillouteux qu'ils parcouraient. Il n'avait presque pas soufflé mot durant leur trajet jusqu'à Stenwick, et Eliza avait depuis longtemps cessé d'engager la conversation. De temps à autre, elle lui jetait un regard inquiet, mais par bonheur, elle ne l'avait pas rendu fou en lui demandant pourquoi il était de mauvaise humeur.

Il était reconnaissant d'avoir une épouse aussi observatrice et intelligente, au lieu d'une sotte insipide qui l'aurait ennuyé avec ses bavardages ou aurait insisté pour qu'il lui dise à quoi il pensait.

Pour autant, cela ne changeait rien au fait que chaque lieue parcourue les rapprochait du domaine où il avait grandi, et sa poitrine se serra davantage, le laissant au bord de l'asphyxie. Quand ils prirent le dernier virage et que le manoir apparut, il en eut l'estomac retourné. Il avait engagé plusieurs domestiques, qu'il avait envoyés là une semaine plutôt afin qu'ils aèrent les pièces et les préparent pour leur arrivée, et le personnel de maison sortit les accueillir lorsque la calèche s'arrêta devant la porte.

— Bienvenue, Monsieur le Comte, dit l'un des hommes en s'avançant.

Derrière lui, un vieillard tenta de faire un pas en avant, mais se fit barrer la route par la femme qui devait être la gouvernante ainsi qu'une autre fille.

— Tout est en ordre, mais à notre arrivée, nous avons découvert d'autres domestiques sur les lieux.

— Bienvenue, Monsieur le Comte, intervint le vieillard.

Une femme aux cheveux blancs se tenait à ses côtés.

Andrew se glaça, et un étourdissement faillit le faire tomber.

— Johnson, dit-il d'une voix éraillée en reconnaissant le vieux majordome de son père. Vous êtes resté toutes ces années ?

L'homme bomba le torse.

— Il souhaitait que les lieux soient prêts pour votre retour, Monsieur le Comte. Il a toujours espéré que vous reviendriez.

Andrew posa les yeux sur la femme à ses côtés.

— Mrs Johnson, dit-il faiblement.

Voir ces reliques de son passé n'aurait pas dû le rendre aussi malade, et pourtant, c'était le cas. Entremêlé à sa honte et sa colère, il y avait le sentiment que ces domestiques avaient été témoins de la cruauté de son père mais étaient restés à ses côtés, y compris après sa mort.

Il serra les dents, déterminé à se débarrasser d'eux au plus vite.

— Bon, nous nous organiserons bientôt, dit Andrew. Je vous présente Lady Darlington, votre maîtresse. Je vous fais confiance pour l'épauler et rendre son séjour à Stenwick agréable.

Les domestiques murmurèrent leur assentiment puis les

escortèrent à l'intérieur avec enthousiasme, évoquant le long trajet et l'heure du thé. Il tenta d'écouter le majordome qu'il avait engagé, Sherman, lui faire un rapport complet sur l'état de la propriété. Johnson se tenait non loin, visiblement impatient de lui faire part de son opinion. La rivalité entre les deux hommes était évidente. Eliza, loin de prendre la tête du groupe et de donner des instructions à ses nouveaux employés, avait retrouvé son masque impassible, comme si elle voulait se rendre invisible.

— Nous prendrons le thé avant de parler des affaires de la maisonnée, dit-il d'un ton sec en agitant dédaigneusement le poignet.

Tout dans cette demeure l'étouffait : l'odeur, les meubles familiers, les tableaux et les rideaux délavés. Les tapis persans élimés. Il aurait tant voulu craquer une allumette pour incendier le domaine, à l'intérieur comme à l'extérieur.

Les domestiques les laissèrent dans le petit salon, et un lourd silence le sépara de son épouse. Il s'attendait à ce qu'elle prenne la parole, mais elle ne dit pas un mot, toujours perdue dans son rôle de femme invisible, ou bien par crainte de le froisser. La gratitude qu'il avait précédemment éprouvée face à son silence se transforma en ressentiment. Ne pouvait-elle donc pas l'aider un peu ?

Mais il se montrait injuste. Eliza n'était pas responsable de ses difficultés, et il ne pouvait pas lui en vouloir alors que c'était lui qui ne parvenait pas à surmonter son humeur massacrante. Ils prirent le thé sans parler.

— Andrew ?

Entendre son prénom dans la bouche d'Eliza le tira de sa rêverie.

— Mmm ?

— Vous n'allez tout de même pas les jeter dehors, si ?

Il plissa les yeux.

— Qui donc ?

— Les Johnson, dit-elle avec une note d'impatience dans la voix.

— Pourquoi me gênerais-je ? rétorqua-t-il d'un ton brusque. Qu'est-ce que cela peut-il vous faire ?

Elle resta immobile, l'expression impassible.

— Je suis certaine qu'ils sont restés parce qu'ils n'avaient nulle part où aller. Et à en juger par l'état du manoir, ils s'en sont occupés correctement. Sans eux, les éléments en auraient fait une ruine.

Il se leva et arpenta la pièce.

— Ils ont vécu aux crochets de mon héritage durant huit ans.

— Vous ne vouliez pas de votre héritage, le raisonna-t-elle, se levant à son tour pour le rejoindre.

— Vous estimez-vous capable de gérer cette propriété mieux que moi, alors ? Je ne vous ai pas entendue, lorsque nous sommes arrivés, dit-il d'un ton accusateur, incapable de ravaler ces mots blessants.

— Ne vous emportez pas, Andrew.

Elle n'aurait pas pu trouver pire chose à dire. Souligner qu'il était en colère ne faisait qu'attiser sa rage. Il la saisit par le bras et la coucha sur le sofa pour la fesser à travers sa robe. Il frappa vite et fort, et sa paume produisait un claquement satisfaisant. Quand il retrouva ses esprits, il se figea, la main en l'air.

Qu'était-il donc en train de faire ?

Il était devenu comme son père : monstrueux avec sa femme, dangereux pour tous ceux qui l'approchaient.

Il recula d'un pas vacillant, terrifié.

— Je suis désolé, dit-il d'une voix étranglée. Eliza... je suis navré.

Il fuit la pièce, ignorant les domestiques qui se tenaient dans le couloir pour se ruer dehors.

Ses pieds ne s'arrêtèrent qu'une fois face aux écuries

désertes, et il comprit pourquoi il avait instinctivement pris ce chemin. Cela avait été sa cachette, quand son père buvait ou que ses parents se querellaient.

Mais cette fois, il ne pouvait pas se soustraire à son père. Cette fois, l'homme à craindre, c'était lui.

~

Elle se redressa, interloquée par le comportement de son époux. Elle savait que son retour à Stenwick ne l'avait pas enchanté, mais elle n'avait pas réalisé que cela lui causerait tant de souffrance. Une part d'elle avait envie de fondre en larmes et de se morfondre sur son sort.

Andrew avait été un compagnon de route épouvantable, et à présent, il critiquait son incapacité à agir en maîtresse de maison convenable et la fessait sans ménagements. Mais si elle mettait de côté ses propres émotions, elle ne pouvait que constater que le chagrin d'Andrew n'avait rien à voir avec ses talents de femme d'intérieur, et tout à voir avec le traumatisme d'un retour dans un foyer où il avait été malheureux. Et la fessée, bien que blessante, avait été assenée à travers sa robe, ses jupons et ses dessous, ne résultant qu'en une légère chaleur et un fourmillement sur sa peau.

Oui, lorsqu'elle oublia son propre chagrin, elle réalisa que son mari avait besoin d'elle. Mais que pouvait-elle faire ? Elle n'était pas en mesure de lui effacer la mémoire. Elle observa le petit salon majestueux. Les meubles étaient usés, mais luxueux. Elle se demanda si la pièce avait été décorée par la mère d'Andrew, ou si les lieux étaient déjà ainsi lorsqu'elle s'y était installée.

La nouvelle maîtresse de maison redécorait souvent son domaine, lorsque le couple en avait les moyens. Elle n'avait pas prévu de le faire, car ils devaient faire des économies. Pourtant, changer l'apparence des lieux pourrait soulager Andrew. Effacer, ou au moins apaiser, ses vieux souvenirs.

La bouche sèche à l'idée de s'adresser au personnel de maison avec autorité, elle se redressa et quitta la pièce.

La gouvernante, qui s'était présentée sous le nom de Mrs Timball, se précipita vers elle.

— Puis-je vous escorter jusqu'à votre chambre, Madame la Comtesse ?

L'ancienne gouvernante apparut dans les pas de la première.

— J'aimerais que vous me fassiez visiter la demeure, dit Eliza. Toutes les deux. J'aimerais connaître son histoire, ainsi que les démarches entreprises pour la moderniser avant notre arrivée.

Les deux gouvernantes s'inclinèrent et se consultèrent du regard pour savoir qui mènerait la visite. Manifestement, elles s'entendaient mieux que les deux majordomes.

Elles firent traverser la maison à Eliza, Mrs Johnson décrivant les personnes représentées sur les portraits et expliquant ce que le précédent Lord Darlington faisait dans le manoir, et Mrs Timball énumérant les rénovations effectuées juste avant leur arrivée. Lorsqu'elles regagnèrent le petit salon après une visite complète des lieux, Eliza prit une grande inspiration.

— J'aimerais retirer toute la décoration.

Les deux femmes la regardèrent bouche bée, et elle hésita.

— Je veux dire… nous devons la modifier ! Ou la réorganiser. Je veux que les lieux aient une apparence différente.

Les gouvernantes continuèrent de la regarder d'un air hébété.

— Tout est charmant, et je vous remercie d'avoir travaillé d'arrache-pied, mais je veux que le manoir paraisse changé.

— Changé… comment ? s'enquit Mrs Timball, perplexe.

— Changé aux yeux de Lord Darlington, dit Mrs Johnson d'une petite voix.

Eliza croisa le regard de la vieille dame et y lut de la compréhension. Elle poussa un soupir soulagé.

— Oui, c'est exactement cela. Pouvez-vous m'y aider ? Nous nous contenterons de déplacer des choses ou de les enlever.

Mrs Johnson leva la tête et ouvrit la marche en direction de la salle à manger.

— Absolument. Nous pouvons déplacer les meubles et enlever les tableaux. Nous aurons besoin de l'aide des hommes, cependant.

— Je vais les chercher, proposa Mrs Timball en s'éloignant d'un pas pressé.

Mrs Johnson alla décrocher un portrait du mur, le posa sur le sol et passa au suivant, puis au suivant.

— Remplir la maison d'enfants serait le meilleur remède pour ce vieux manoir poussiéreux, commenta la vieille dame.

Eliza la regarda, prise de court.

— Oh, veuillez me pardonner. Seulement… Lord Darlington est parti alors qu'il était encore tout jeune, et je n'ai jamais vraiment su ce qu'il était devenu, expliqua-t-elle d'une voix serrée par l'émotion, les yeux rougis de larmes contenues. Je veux simplement que tout se passe bien pour lui, cette fois.

— Moi aussi, dit Eliza, touchée par la profondeur des sentiments de la gouvernante pour Andrew.

Elle observa la pièce.

— Nous pouvons tourner la table dans l'autre sens, suggéra-t-elle, revenant au sujet qui les préoccupait. Et la vitrine avec les porcelaines pourrait être placée là-bas.

— Oui, Madame. Je vais demander aux hommes de le faire. Autre chose dans cette pièce ?

Eliza regarda autour d'elle, puis secoua la tête.

— Non. Et si nous passions au bureau ? Cela ferait du bien à Lord Darlington d'avoir une pièce bien à lui.

— Ne craignez-vous pas qu'il s'en formalise ? demanda Mrs Timball en revenant. Je ne voudrais pas le fâcher.

Eliza réfléchit. Le bureau n'était pas son domaine, et en temps normal, elle s'abstiendrait de le redécorer. Mais il s'agissait de la pièce où le père d'Andrew avait probablement passé le plus de temps, et donc la première qui devrait être modifiée.

— J'en assumerai l'entière responsabilité, dit-elle.

Si Andrew se mettait en colère, elle accepterait sa fessée.

Quand Mrs Johnson eut informé les hommes des changements à effectuer dans la salle à manger, les trois femmes se rendirent dans le bureau, et elles ôtèrent tous les objets de l'ancien Lord Darlington, les empaquetant pour les mettre dans le grenier. Elles décidèrent également de déplacer le bureau et le sofa afin de modifier totalement la disposition de la pièce.

Elle les mena dans toutes les pièces de la maison, ordonnant des modifications, puis elle se glissa dehors pour se mettre en quête de son époux disparu.

Elle fit le tour du manoir, mais elle ne le trouva pas. Elle visita la vieille écurie, puis suivit un sentier jusqu'à un bruit d'eau. Elle traversa un petit pont branlant et poursuivit son chemin jusqu'à l'apercevoir, assis au bord du ruisseau, sans chaussures ni chaussettes, les pieds dans l'eau.

— Eliza, dit-il d'une voix brisée en la voyant approcher.

Ses yeux contenaient une douleur infinie.

Sans rien dire, Eliza se contenta de le rejoindre et d'ôter

ses chaussures ainsi que ses bas pour s'asseoir à ses côtés et tremper les pieds dans l'eau. Son visage était dépourvu de colère, et elle arborait même un air serein, comme si la Vierge Marie était descendue le consoler en personne.

— Je ne suis pas digne d'être votre époux.

Elle émit un son dédaigneux.

— Ne soyez pas ridicule. Vous étiez un très bon mari à Londres, il n'y a qu'à Stenwick que vous n'êtes pas à la hauteur.

La nonchalance avec laquelle elle prononça ces mots le tira presque de sa panique, mais il secoua la tête. Elle ne comprenait pas.

— Si, écoutez. Je ne suis pas digne de vous. Je suis comme mon père. Nous venons tout juste d'arriver, et je vous ai déjà frappée sous le coup de la colère.

Sa gorge serrée étouffait ses paroles.

— Et vous êtes horrifié de vos actes, comme il se doit. Cela ne se reproduira plus.

Cette fois, sa déclaration pragmatique le sortit pleinement de son désespoir. Il se tourna vers elle.

— Eliza…

Elle posa l'une de ses petites paumes sur son visage et caressa ses lèvres avec son pouce. Il posa sa main sur la sienne et la porta à sa bouche pour l'embrasser.

— Toute ma vie, j'ai craint de devenir comme lui. Je n'ai jamais voulu d'épouse, de peur de lui infliger des choses terribles.

Le souvenir de la fessée qu'il avait assenée à Eliza se mêla au sentiment écœuré qui l'avait envahi, transformant la scène en une terrible erreur.

— Vous ne deviendrez pas comme lui, déclara fermement Eliza.

— Je le suis déjà devenu !

Elle rougit et détourna les yeux pour contempler le ruisseau.

— Si vous parlez des fessées que vous m'avez données, je ne les ai pas trouvées si terribles.

Elle le regarda par-dessous ses cils et ajouta :

— Je ne crois pas non plus que vous les ayez trouvées terribles, sauf la dernière, et nous sommes déjà tombés d'accord sur le fait qu'il s'agissait d'une erreur.

Son ton, son expression, son rougissement lui rappelaient l'intimité qu'ils avaient partagée, et sa panique s'estompa.

— Et si je vous fais du mal ?

— Andrew, avez-vous des problèmes d'alcool ?

— Non.

— Avez-vous déjà frappé autre chose que mes fesses ?

Le simple fait de se représenter son derrière lui remonta le moral. Il esquissa un sourire.

— Non.

— Alors je ne pense pas que vous me ferez du mal un jour.

— Je suis navré pour tout à l'heure…

— Je le sais, coupa-t-elle. Promettez-moi de ne plus jamais me fesser par colère.

Il plaça une main sur son cœur.

— Je le jure sur la tombe de ma mère.

— Je vous pardonne.

— Vous ai-je fait mal ?

— Oh, oui, terriblement mal.

Il fut alarmé de sa réponse, avant de réaliser qu'elle plaisantait.

— N'en profitez pas, sinon vous vous retrouverez sur mes genoux pour une vraie fessée.

Elle lui adressa un sourire coquin.

— Avec plaisir.

Il rit et l'assit sur ses genoux, leurs pieds mêlés dans le ruisseau glacé.

— Je vous aime tant, ma chère Eliza. Je suis navré de m'être comporté comme une brute.

Elle se tourna vers lui et l'embrassa sur les lèvres. C'était la première fois qu'elle prenait ainsi les devants, et son geste éveilla sa passion.

— Je ferais peut-être mieux de vous ramener au manoir afin de vous faire la démonstration des devoirs qui seront les vôtres.

— Oui, vous devriez, roucoula-t-elle, pressa son décolleté sous son menton.

Il fit glisser ses lèvres sur sa peau nue, et la douceur de ses seins l'excita.

— Venez, Lady Darlington. Nous avons un nouveau lit à étrenner.

Il l'aida à se lever et à remettre ses chaussures.

Alors qu'ils prenaient le chemin du manoir, il réalisa que le désespoir qu'il avait éprouvé plus tôt s'était évaporé en la présence pleine de compassion de son épouse, même s'il avait toujours le cœur lourd.

Ils entrèrent dans la demeure, et Eliza l'entraîna vers la salle à manger, la main crispée sur son bras.

Percevant sa tension, il murmura :

— Je ne jetterai pas les Johnson dehors, ma chérie. Je suis désolé. Vous aviez raison.

Elle ne répondit pas, mais continua de le mener vers la pièce. Il s'arrêta net sur le seuil et observa les lieux. La salle à manger était métamorphosée. Mrs Johnson et Mrs Timball se tenaient dans l'encadrement de la porte qui menait aux cuisines et l'observaient avec nervosité.

— Je leur ai demandé de déplacer certaines choses. Je voulais redécorer, annonça sa femme avec un ton exagérément dédaigneux, le menton en avant.

Il comprit aussitôt pourquoi elle avait ordonné ces changements, et à quel point cela avait dû être difficile pour elle, et il cligna des paupières pour contenir les émotions qui le submergeaient.

— Oui, dit-il, faisant en sorte que sa voix porte jusqu'aux gouvernantes qui attendaient visiblement son approbation. Vous avez bien raison. Le résultat est merveilleux. Merci à toutes pour votre travail.

Puis, faisant pivoter Eliza en direction de l'escalier, il murmura :

— À présent, allons visiter les chambres ensemble.

Elle étouffa un gloussement et se laissa mener en haut des marches, jusqu'à la chambre principale, où il ferma la porte à clé derrière eux.

— Quel prétexte vais-je bien pouvoir trouver pour vous donner une fessée, vous qui êtes si angélique ? demanda-t-il en ôtant sa veste et son gilet.

Elle lui adressa un sourire serein.

Il enleva une épingle des cheveux d'Eliza, puis une autre, et encore une autre, jusqu'à ce que ses ondulations brunes cascadent sur ses épaules. Il la fit pivoter et se mit à déboutonner sa robe.

— Ne pourriez-vous pas vous montrer insolente ? Me donner une raison de vous corriger ?

Elle rit, un son mélodieux qui emplit la pièce d'une chaleur qu'elle n'avait jamais connue et qui chassa les fantômes des souvenirs d'Andrew.

Il la fit de nouveau tourner face à lui.

— Déshabillez-vous, femme.

Il la mettait au défi. Il doutait qu'elle lui obéisse, avec la lumière qui filtrait par les fenêtres, elle qui avait eu du mal à obéir dans la pénombre.

Elle croisa son regard, une lueur séductrice dans les yeux, et elle ôta sa robe, puis son corset, ses dessous, ses porte-jarretelles et ses bas afin de se retrouver nue devant lui. Elle avait rougi, et sa poitrine se soulevait dans un rythme anormal, mais elle continua de soutenir son regard la tête haute.

Il laissa ses yeux parcourir tout son corps, tracer la courbe enivrante de son cou et de son épaule, descendre jusqu'aux pointes dressées de ses seins, la plaine de son ventre et plus bas, là où des boucles soyeuses annonçaient sa zone la plus intime.

— Asseyez-vous sur cette chaise et écartez les jambes, ordonna-t-il.

Elle écarquilla les yeux, mais obéit, s'asseyant au bord de la chaise les genoux écartés afin de lui offrir une vue plongeante sur ses charmes.

Le corps d'Andrew s'enflamma, sa peau le brûla et son membre se mit à palpiter. En un instant, il se retrouva à genoux devant elle, la tête penchée pour lécher ses replis délicats. Elle poussa un cri de surprise, et ses cuisses se refermèrent sur ses oreilles.

Il recula.

— Écartez les jambes, sinon je vous fesserai, menaça-t-il avec un sourire malicieux.

Elle émit un glapissement et lui ouvrit ses cuisses, serrant les paupières comme si le plaisir qu'il lui prodiguait était trop obscène pour être observé. Lorsqu'il plongea la langue dans son entrée et trouva son bouton sensible, elle pressa son sexe chaud contre lui avec un gémissement.

— Cela vous plaît, Eliza ?

— Mmm, dit-elle d'un ton plaintif.

Il se retira.

— Répondez-moi, insista-t-il d'un ton sec.

— Non… oui ! s'exclama-t-elle, ouvrant les yeux avec une expression hébétée.

— Demandez-moi de continuer.

— Non…

— Non ?

— Pardon, oui. S'il vous plaît, Andrew ?

— Gentille fille ! Je ne vous pensais pas capable de le faire. Vous êtes déterminée à éviter une punition, n'est-ce pas ?

— Oui, Monsieur le Comte.

Il posa de nouveau la bouche sur son sexe avec application, suçotant son petit bouton et glissant la langue sur ses parties les plus sensibles.

— Je vais vous apprendre une nouvelle position, aujourd'hui, annonça-t-il après l'avoir menée au bord de l'extase. Descendez de la chaise et placez-vous à quatre pattes sur le tapis, ma chérie.

Elle obéit sans broncher. Il ouvrit son pantalon et libéra son membre impatient, puis il s'agenouilla derrière elle.

— Non, attendez… haleta-t-elle. Je ne suis pas punie.

— Je sais, ma chérie. Je ne me servirai pas de votre trou le plus coquin, dit-il en effleurant l'anneau de muscles avec son pouce.

Il plaça l'extrémité de son sexe contre son entrée mouillée, étalant ses fluides. Elle se prépara, et il s'enfouit en elle avec ardeur. Sans rencontrer la moindre résistance, il la pénétra profondément, et la chaleur de son canal étroit lui causa un frisson de plaisir.

— Oh, Eliza, susurra-t-il.

Ses paupières papillonnèrent tant il était bon de se plonger en elle. Il se mit à aller et venir, la faisant gémir avec enthousiasme, jusqu'à la jouissance. Il se répandit profondément en elle tandis qu'elle se contractait sur sa virilité.

Lorsqu'il reprit ses esprits, il se retira, l'aida à se mettre debout et la coucha sur le lit, dans ses bras.

— Merci, mon amour, murmura-t-il contre ses cheveux. Pour tout. Merci.

Elle se blottit contre lui.

— Je suis si heureuse d'être votre femme.

Le cœur d'Andrew fit un bond.

— Vous êtes l'épouse la plus spectaculaire dont un homme puisse rêver, chuchota-t-il en embrassant ses cheveux.

Elle pressa ses lèvres contre son torse.

— Petit à petit, vous m'aidez à y croire, dit-elle.

— Croyez-y. Je vous chéris, et je veux vous voir rayonner dans toute votre gloire.

Elle gloussa.

— Sous peine d'être fessée ?

— Exactement, ma chérie, répondit-il en lui caressant le derrière. Mais n'évitez pas toutes mes corrections, sinon je serai obligé d'inventer des règles impossibles à suivre.

— Je rayonnerai dans toute ma gloire, mais j'enfreindrai suffisamment de règles pour que vous me fessiez à loisir, promit-elle avec un sourire.

Il la fit rouler sur le dos et se coucha sur elle, l'embrassant passionnément afin de lui montrer l'ampleur de son affection.

Fin

LA BRATVA DE CHICAGO

Le Directeur (La Bratva de Chicago, Tome 1)

PERSONNE NE PREND CE QUI M'APPARTIENT

Cette jolie avocate m'a caché son secret.

Un bébé qu'elle porte depuis le soir de la Saint-Valentin.

Le soir où le sort a décidé de nous unir.

Elle ne m'a jamais contacté. Elle voulait m'empêcher d'apprendre la vérité.

Elle va découvrir ce qui se passe quand on contrarie un boss de la bratva.

Une punition est nécessaire. Une séquestration en attendant la naissance.

Et je mettrai ce temps à profit pour la séduire.

Parce que je n'ai pas seulement l'intention de garder le bébé...

Je compte épouser sa mère.

Et pour notre bien à tous les deux, mieux vaudrait qu'elle soit partante.

Le Directeur

LIVRE GRATUIT DE RENEE ROSE

Abonnez-vous à la newsletter de Renee

Abonnez-vous à la newsletter de Renee pour recevoir livre gratuit, des scènes bonus gratuites et pour être averti·e de ses nouvelles parutions !

https://BookHip.com/QQAPBW

OUVRAGES DE RENEE ROSE PARUS EN FRANÇAIS

www.reneeroseromance.com/francaise/

La Bratva de Chicago

Prélude

Le Directeur

Le Stratège

Possédée

L'Homme de Main

Le Soldat

Le Hacker

Le Bookmaker

Le Nettoyeur

Le Coureur

Le Gardien

Les Nuits de Vegas

Roi de carreau

Atout cœur

Valet de pique

As de cœur

L'Incident Darlington

Alpha Bad Boys
La Tentation de l'Alpha
Le Danger de l'Alpha
Le Trophée de l'Alpha
Le Défi de l'Alpha
L'Obsession de l'Alpha
L'Amour dans l'ascenseur (Histoire bonus de La Tentation de l'Alpha)
Le Désir de l'Alpha
La Guerre de l'Alpha
La Mission de l'Alpha
Le Fleau de l'Alpha
Le Secret de l'Alpha
La Proie de l'Alpha
Le Sang de l'Alpha
Le Soleil de l'Alpha
La Lune de l'Alpha
La Serment de l'Alpha
La Vengeance de l'Alpha
Le Feu de l'Alpha
Le Secours de l'Alpha
L'Ordre de l'Alpha

Les Loups-Garous de Wall Street
Grand Méchant Patron: Minuit
Grand Méchant Patron: Folie Lunaire
Grand Méchant Patron: Marquée
Grand Méchant Patron : Accouplés

Les Ours Bad Boys
La Revendication de l'Alpha

OUVRAGES DE RENEE ROSE PARUS EN FRANÇAIS

Lycée Wolf Ridge
Brute Alpha
Chevalier Alpha
Alpha par Alliance
Le Roi Alpha
L'Alpha interdit

Le Ranch des Loups
Brut
Fauve
Féral
Sauvage
Féroce
Impitoyable
Bestial
Implacable

Deux Marques
Indomptée (libre)
Tentée
Désirée
Séduite

Les Dominateurs Alpha
La Faim de l'Alpha
La Punition de l'Alpha
La Promesse de l'Alpha
La Protection de l'Alpha

Maîtres Zandiens
Son Esclave Humaine
Sa Prisonnière Humaine
Le Dressage de Son Humaine
Sa Rebelle Humaine

Les Épouses Zandiennes

Écrivez votre réussite

À PROPOS DE RENEE ROSE

RENEE ROSE, AUTEURE DE BEST-SELLERS D'APRÈS USA TODAY, adore les héros alpha dominants qui ne mâchent pas leurs mots ! Elle a vendu plus d'un million d'exemplaires de romans d'amour torrides, plus ou moins coquins (surtout plus). Ses livres ont figuré dans les catégories « Happily Ever After » et « Popsugar » de USA Today. Nommée *Meilleur nouvel auteur érotique* par Eroticon USA en 2013, elle a aussi remporté le prix d'*Auteur favori de science-fiction et d'anthologie* de Spunky and Sassy, e celui de *Meilleur roman historique* de The Romance Reviews. Elle a fait partie de la liste des meilleures ventes de USA Today sept fois avec ses livres Wolf Ranch et plusieurs anthologies.

Abonnez-vous à la newsletter de Renee pour recevoir des scènes bonus gratuites et pour être averti·e de ses nouvelles parutions!

https://www.subscribepage.com/reneerosefr